詩集 スマイル

……微笑みの庭……

花が咲くように　笑っていよう

どんな場所であろうと

天命を生きる花のように　笑っていよう

笑顔は努力を実のあるものにしてくれるから──

詩集
スマイル
········ 微笑みの庭 ········

山中茉莉
Mari Yamanaka

八坂書房

ピカドンが落ちたとき

「炎」

ふるさとに
ピカドンが落ちたとき
空が真っ赤になりました
炎に染まる朝でした
多くの人が死にました
水を求めて死にました
焦熱地獄のようでした

「雨」

ふるさとに
ピカドンが落ちたとき
黒い雨が降りました
悪魔の吐き出す雨でした
空が泣いている雨でした
心の底まで濡れてゆく
冷たく哀しい雨でした

「川」
ふるさとに
ピカドンが落ちたとき
川は黒くなりました
深い淀みのその底に
無数の屍　横たえて
助けを求めて泣きました
命が欲しいと泣きました

「花」
ふるさとに
ピカドンが落ちたとき
お慈悲の花が咲きました
焦土の中に芽を出した
命の花の奇跡です
みんなの希望になりました
赤いカンナの花でした

The Day When *Pikadon* Fell

"Flame"

In my hometown
When *Pikadon* fell
The sky turned red
The flame covered the morning sky
Many people left this world
Many people died for water
Scorching hell appeared at once

"Rain"

In my hometown
When *Pikadon* fell
The rain turned black
As if the devil spit it out
As if the sky were crying
The rain soaked my hometown song resonating in my heart
The rain was cold and the rain was sorrowful

"River"

In my hometown
When *Pikadon* fell
The river turned black
Deep inside the stagnant water
There laid down countless bodies
I cried hard asking for help
I cried hard asking for life

"Flower"

In my hometown
When *Pikadon* fell
The flower of mercy bloomed at full
The flower sprouted in the scorching earth
Showing the world a miracle of life
The flower became the hope of all
The red Canna became the flower of hope

＊ *Pikadon*=tremendous flash and sound

翻訳：Naomi Nakano
写真：吉村政一

花のごとく咲いし人に　笑顔に込めた平和への祈り

　私には、運命を変えるほど大きな影響を受けた、今は亡き、二人の恩人がいます。二人とも広島出身の被爆者でした。

　その一人は、昭和39（1964）年21歳の私が、「これ以上、親に心配させたくない！」と、故郷を後にして上京。初めて勤務した出版社で皆から「K先生」と呼ばれていた編集局長です。当時、被爆者の就職は難しく、普通の健常者でも大学卒が必須条件だった編集部で、高卒の、しかも、雑用の非正規社員の私を編集部に席を置く見習いスタッフとして育ててくださった人です。

　そのK先生は、ことあるごとに、私が被爆者であることを気遣い、生きていく上でのアドバイスをしてくださっていました。「被爆者は、就職することも、結婚生活も苦しいことが多いかも知れないが、あきらめてはいけない、実力を身につけて、自由なフリーランスになりなさい。身体を大切にしながら、自由業で、自分で自分を雇えばいい。一生懸命仕事を愛して努力すれば、仕事が君を愛してくれるから」と。

　そして、「絶対に自分を粗末にしてはいけない。人の役に立つ人になりなさい」と、相反するともとれる言葉も。しかし、先生は人の役に立つことで、自分の命が輝く、必要とされることで、生きている意味を知るからだと、私に気付かせようとしておられたのでした。自信を失いかけていた私の心に、同じ被爆者である先生の言葉は、深く染み入っていました。

原爆で生き残ったことの意味を考え、原爆投下の惨禍の中で命を守ってくれた母や祖母への感謝に繋がり、後の被爆者の証言活動への足掛かりとなっていきました。そして最後に、「その笑顔を忘れないで、笑顔は人も自分も幸せにする最強の武器だからね。努力を実のあるものにしてくれるから」この言葉に、大きな力を貰っていました。

　もう一人は、広島出身の著述家・佐々木久子（1927-2008）さん。故郷、広島女子商学園の大先輩です。

　昭和42（1967）年、私は出版社を辞めて結婚。新しい生活を求めて再び上京していました。夫婦二人で夢に向かって、どんな苦難も覚悟の上でしたが、現実は厳しく、明日が見えない暗闇の中で、立ち往生する日々が長く続いていました。そんな中で一条の光は、「明けない夜はないのだから、あきらめないで！」という佐々木さんの言葉でした。

　佐々木さんは、当時、女性の進出は難しい出版界にあって、単身上京し、雑誌『酒』の編集長をしながらTV・講演・随筆などで辛口の批評家として大活躍。故郷を愛し「広島カープを優勝させる会」を結成するなど、広島の魅力を全国に紹介して、広島の宣伝部長の異名を持つほど郷土愛に溢れた女性でした。

　一方で、故郷広島に投下された原爆（核兵器）を憎み、戦争を憎みな

佐々木久子さんと

「広島カープを励ます会」で、山本浩二監督と

がら平和を求める精神は、最後までぶれることなく、「戦争は絶対許せない。どんな大儀があろうとも、どのような正義を振りかざそうとも、戦争は人を殺すことに他ならないのだから」。また、「時代を背負う人たちに戦争による苦しみだけは味合わせたくない。貧乏の苦しみや辛さや、失恋の痛手などは、戦争のむごたらしさに比べればたいしたことではない」とも。

　被爆者で、若い時に広島を出て東京で出版に関わって生きてきたことなど、共通する部分も多かった佐々木さん。広島弁で、「私ら被爆者は、あの地獄を経験したんじゃけ、どんな苦しみも乗り越えていけるはず、どんな時も前をむいてニッコリと。花が咲くように笑顔で生きて行きましょう」。これが佐々木さんの口癖でした。

　……K先生と佐々木久子さん。お二人の言葉で生かされていた私は、フリーライターとして生きた軌跡をエッセイ＆詩集に編むことにしました。生きていく手段として、ライターという括りの中で沢山の仕事を手掛けましたが、詩作という仕事だけは、生活の糧にはならなかったけれど、私にとっては大切な命の糧だったと気がつきました。

　タイトルの『スマイル』は、K先生と佐々木久子さんの遺言だと思うから。発行日が6月下旬と決まり、ふと気がついたのですが、私はこの6月で81歳になります。佐々木さんが逝去されたのは、81歳の6月でした。改めて佐々木さんとの歳月に思いを馳せ、彼女の遺言とも言える笑顔に託された平和への祈りを、まっすぐに受けとめ、引き継いでいきたいと思います。

　令和6（2024）年6月

山中茉莉

～目　次～

11

第1章　歳月への手紙 —— 被爆者なればこそ

精神の自由を求めて

　詩を書き始めたのは、ちょうど50年前の30歳に手が届こうとしている頃でした。

　キッカケは当時、作編曲家を目指していた夫の役に立ちたいと思っていたからですが、しかし、その時は、「詩人」というより、歌謡曲の「作詩家」のイメージにとらわれていたような気がします。ともあれ、詩を書き始めた理由を探すなら、私が被爆者だったからにほかなりません。そうでなければ（もし健常者だったら）、ふるさとを離れることも、ましてや夫と出会うこともなかったのですから……。

　昭和20（1945）年8月6日午前8時15分。広島に原爆が投下され、乳幼児が圧倒的に高い死亡率を占めた中で、2歳だった私は奇跡的に助かりましたが、思春期を迎えた頃、被爆者は就職も結婚も困難という現実に直面していました。

　被爆者の多くは、原因不明の倦怠感に襲われる人が多く、仕事を任されても集中力に欠けるので、仕事を怠けていると誤解され、敬遠されがちでした。

こうした症状は「原爆ぶらぶら病」と呼ばれており、被爆者特有の症状で差別の対象になりやすく、また、身体に異常がなくても被爆者だと分かると就職試験も履歴書の段階で落とされることが多かったのです。

　原爆による放射能の影響は想像以上で、人間の寿命より長い時間、人の身体の中に留まり、遺伝子などに悪さをするので、奇形児が生まれるのが心配という人が多くいたのです。

　思春期を迎え、結婚前の２年間。東京の出版社に勤めていた頃から、私は、急にわけもなく気分が悪くなっていましたが、子供の頃にも似た症状を体験していたので、「私の持病みたいなもの」と考え、持病と生涯付き合うためにも就職はしない。将来は編集者を含めフリーランスのライターになって、自分で自分を雇おうと決めていました。出版社の上司Ｋ先生のアドバイスでした。

　当時、Ｋ先生の言葉は説得力がありました。Ｋ先生は、筆名をいくつも持って、レコードの作詩、映画のシナリオなど、素晴らしい作品を手掛けていらしたからです。

　私はＫ先生の活躍を目の当たりにして、これから先の人生にひとすじの光明を見出していました。Ｋ先生の言葉を胸に刻み、努力を惜しまないことを誓っていました。「被爆者だからといって悪いことをしたわけではないのだから堂々としていなさい」という父の言葉にも背きたくない。差別されるのも、逃げるのも嫌でした。

　何より、我が子を原爆に遭わせてしまったと、自分を責め、子供に詫び続ける母親に、これ以上辛い思いをさせたくない。苦労は覚悟の上、しかし、親にその姿は見せたくありません。結婚してもしなくても、できるだけ両親の目の届かない遠く離れた場所でフリーライター

として生きていきたい、何があっても「笑顔一つで生き抜いてみせる」と自分にいいきかせていました。

「笑顔」といえば、その後、夫と結婚を決意した時、反対する人が多い中で、仲人を買って出て、両家の両親を説得してくださった方がいました。夫の上司で、私をどこかでみかけ、「笑顔がいい。福相だ」と思ったから、というのが、仲人を買って出た理由だとのことでした。子供の頃よく耳にした祖母の口癖、「笑う門には福来る」──だったのでしょうか。

仲人さんのお陰で婚約したものの、新生活に関しては、誰にも本当のことを打ち明けることができませんでした。

私たちは親元を離れて東京に新生活を構える約束を結んでいました。夫は東京で音楽の勉強をしたいと言い出し、私は親に心配させたくないのでできるだけ遠くに行きたかったから、二つ返事で夫の夢に賛同したのでした。本当は親元を遠く離れることこそ一番の親不孝で、心配させることなのに、当時はそれがわかりませんでした。

「ああ、いい詩が欲しい！」

昭和 42（1967）年結婚。同時に上京して、私はフリーライターになり、数年後、作編曲家を目指していた夫はやっと、高名な先生に弟子入りすることができました。世の中は翌年の万国博覧会に向けてイザナギ景気に沸いていましたが、私たちは、これからどのくらい無給を覚悟したらいいのか、先の見えない不安な毎日を送っていました。そんなある日、夫がピアノの前で、ため息まじりに呟いたのです。

「ああ……いい詩が欲しい……」と。

真に迫ったそのひと言に私の心は震えがとまりませんでした。

「どんなことをしても、夫の心をゆさぶるいい詩を手に入れたい！」
と。

　しかし、当時、無名の夫のために詩を提供してくれる作詩家などいるはずがありません。そこで、考えあぐねた結果、思いついたことは、
「私が書けるようになろう！」

　怖いもの知らず、思い上がりも甚だしく一大決心をしたのでした。

弟子入り──薮田義雄先生との出会い

　その後、私は、少しでも夫に協力したいと、「笑顔のいい人求む」の広告を見て、当時、横浜駅ビルに入っていた大きなレコード店で店員として働くことにしました。

　高井戸の自宅を朝早く出て、夜遅い帰宅の毎日。労働条件は決して良くありませんでしたが、「店長見習い」ということだったので、音楽業界のことがリアルタイムで勉強できました。そして何より、夫が一番欲しがっている新曲のレコードが真っ先に無料で手に入るのが魅力でした。時は昭和演歌の黄金期。当時の店長が、各レコード会社から送られて来る宣伝用の新曲レコードを貯めておいては、「社長からです」と言って、何十曲分も私にそっとくださっていました。

　そのうち私は、店長になる気もないのにその特権だけをいただいていることに罪悪感を覚え、意を決して店長に本心を打ち明けてお詫びすることにしました。すると、「分かっていましたよ。社長から聞いていましたから」。

　店長は淡々と答えてくれ、面接時に私が「どんな遠い勤務先でも、どんなに給料は安くてもいい、夫は作編曲を、私は作詩の勉強がしたいので雇ってください」と、社長に懇願したことを覚えてくださって

薮田義雄先生

いたのです。ただし、その時、社長は私が3日で辞めると思っていたらしいのですが……。

「よかったら、私の両親に会ってみませんか？　社長からあなたを僕の親父に紹介するように言われていますので。」

そのご両親こそ、私が詩の師と仰ぐことになる詩人の薮田義雄先生と奥様の紗代夫人でした。

ともあれ、ご挨拶に伺うと、ご夫妻は弟子入りしたくて来たと思われたようでした。そして「詩人の魂」について、「詩を書くということは魂を磨くということ」、「人間としても誠実、真実でなければいい詩は書けない」と、懇々とお話くださり、最初は興味津々でしたが、そのうち、「歌謡曲は娯楽、歌曲は芸術で、どちらも人を喜ばせる」といった意味の説明の後、「真実性のない小手先で書いた詩や、報酬目当ての作詩家の真似をしたら破門する」と言われて、びっくり仰天。「歌曲が書けるようになったら、流行歌でもなんでも書けばいい。しかし今はダメだ！」薮田義雄先生は、小手先の技術で慢心することを戒めていらっしゃるのだと思って聞いていましたが、現実問題として、その頃の私は、お金のため、夫にバレないようにゴーストとして歌謡詞を書き始めていましたので、その時点で私の思いあがった夢はあえなく頓挫したのでした。

その折、先生は突然、「何でもいいから、一つ書いてみなさい」とおっしゃって原稿用紙とペンを私の前に置かれ、腕組みしてじっと私を睨んでいらっしゃいました。

しかし、私の頭に染み込んでいるのは毎日聞いている歌謡曲の歌詞ばかり。何でもいいは、何でもよくないと言われたようで、頭の中は真っ白。パニック状態のまま、ペンを握りしめていました。

　そのうち観念して、「昨今のむなしい気持ちを」をそのまま吐露して「不信」という題をつけ提出しました。恥ずかしいほど拙いながら、結局、これが私の書いた最初の一作となりました。

不　信

待ちわびて想う
長い時の流れに
いつしか他人の嘘の中に
消えてしまいそうになる私
「幸福って信じること」と
胸を張っていたのが懐かしい
今、小さな声で呟いてみる
「幸福って信じること……」
それなのに
しらじらしさだけが　大手を振って帰って来る
ああ、この虚しさは──

♪ 作曲：鶴原勇夫／初演：1976年「みすず会」第3回公演（朝日生命ホール）
　再演：1977年「江川きぬリサイタル」（東京文化会館小ホール）他

ペンネーム

　薮田先生は最後の弟子として私を受け入れてくださり、私が被爆者だと打ち明けると、先生は被爆者から逃げるのではなく、被爆者の坂下紀子（本名）を支えるためにペンネームを提案してくださいました。

　私は、とっさに、「それでしたら、私の筆名は山中茉莉に！」と言ってしまいました。この名前は、夫に詩を見せる時に、作詩したのが私だと分からないように使っていた名前でした。元はといえば、親しくしていた友人のお姉さま（当時、姓名判断のプロ）が、私がライターを目指していると知って、将来、ペンネームが必要になったら使いなさいと、命名してくださった名前でした。

　薮田先生は「ジャスミン（茉莉花）が人知れぬ山の中で香るのがいい」といって筆名・山中茉莉を承認してくださり、先輩の同人の方たちにも披露してくださいました。

　それからしばらくして、先生から「山中茉莉様」の宛名で手紙が届きました。夫はそれから長い間、「山中茉莉」が妻とは気づかず、妻は山中茉莉の連絡係だと思いこんでいたようでした。そして私は 10 年後に、初めて筆名・山中茉莉詩集『歳月への手紙（沙羅詩人叢書）』（沙羅詩社刊）を上梓。ふるさとで、ただひたすらに娘を案じ、幸せを祈る母と、夢を抱いて上京した夫との歳月をかけがえのないものとして残すことができました。

★薮田義雄先生と歌曲

　薮田義雄先生は北原白秋（1885-1942）先生の高弟で、長年白秋先生の秘書を務めた方でした。このことから、薮田先生からは、白秋先生の流れをくむ抒情詩や、童謡詩の指導を中心に学びました。

当時、東京芸術大学の教授で作曲家の松本民之助（1914-2004）先生とその門下生と、薮田先生の門下生が合同で、歌曲の勉強会（みすず会）を行っていました。年に1〜2回の割合でコンサートを開き各自の作品を発表、鑑賞して楽しんでいました。

　　1986年、薮田義雄先生が亡くなられて2年後、作曲家の平井庚三郎（1910-2002）先生が、当時、ご自身が会長をしておられた「詩と音楽の会」（クラッシック系芸術歌曲、創造のための詩人と作曲家の団体）に入会して勉強することを勧めて下さいました。

世界の広がり―― 平野威馬雄先生との出会い

　　薮田先生に弟子入りをする前後に詩人、平野威馬雄（1900-86）先生との出会いがあり、後に私の詩の世界は、大きく広がっていきました。

　　その頃、住んでいた高井戸からほど近い、荻窪の駅前画廊で「北川冬彦詩画展」が開催されていました。私は当時、カルチャー教室が主

平野威馬雄先生ご夫妻と。ヨーロッパ旅
行：詩人たちのお墓巡り（フランスにて）

催する「北川冬彦現代詩講座」の受講生だったことから、詩画展の期間中、足繁く通って受付けや片付けなどをお手伝いしていました。そのご縁で画廊の店主から、多くの著名人を紹介していただきました。しかし、私はあまりにも知識が浅く、紹介していただいた方々に失礼な質問、無礼な態度で、画廊店主をハラハラさせてばかり。

　その中で、平野威馬雄先生だけが、私のとんちんかんを面白がって、どんな質問にも大真面目に即答くださり、私はいっぺんに平野先生の崇拝者になっていました。

　以来、平野先生ご夫妻から数えきれないほど、平和と笑顔の種をいただきました。

　先生はご自身でも『青宋』という同人誌を主宰しておられ、錚々たる文士や詩人が名前を連ねていました。先生の住まいを「青宋居」と呼んで、いつも大勢の詩人が集まってワイワイガヤガヤ。笑顔の絶えない集まりでした。が、不思議に同人同士の詩論を戦わせる場面は見たことがなく、私が同人の先生方に詩作の技法など訊ねようものなら、「野暮なこと聞くな！」と叱責されるのがオチでした。

第2章　ひとすじの道——生きる

フリーランスへのこだわり

昭和58（1983）年、私は40歳。薮田先生に弟子入りして10年が経ち、横浜のレコード店を辞め、大手新聞社の傘下にあった生活情報紙（フリーペーパー）の契約レポーターとして朝から晩まで取材に追われる日々を送っていました。

そんな中、現実に直面する仕事の辛さや、生き辛さは、被爆者への差別ばかりではありませんでした。当時、女性が男性と対等に誇りをもって働ける場所はそう多くありません。私は人生の大きな節目を迎えて、自分の道を貫くために、女性差別、学歴差別など、この時代の多くの差別と闘わなければなりませんでした。

女性の目線を大切にしたい！

インターネットが普及する前は、紙媒体が情報を得る主な手段でしたから、生活情報紙を彩る華やかな紙面は、レポーターを志す人たちには、憧れの職業のように見えました。

マスコミ媒体に関わる人たちは大学を出て、厳しい入社試験にパス

カメラマン兼レポーター、
そして荷物持ちの日々

した人ばかりで、系列の大手新聞社から配属された人も多く、社員をレポーターとはいわず、記者と呼んでいました。生活情報紙の編集部には私のようにアルバイト契約のレポーターが大部分を占め、希望する取材先を勝手に選ぶことはできませんでした。

　まず、社員が取材の依頼書を見て自分の得意の取材先を選び、最後に残った依頼書の中から、レポーターに取材先が割り振られていきました。

　ただ、ファッション、グルメ、ツアーなど、女性記者やレポーターの得意とする華やかな記事は、購買単価が低く、広告料が入りにくい現状の中で苦戦を強いられていました。

　そんな中で台頭してきたのが「不動産広告」。しかし、不動産取材は記者、レポーターを問わず敬遠されがちでした。遠い現場に出向かねばならず、苦労する割にはクライアントからのクレームやチェックが多いことがその理由でした。でも、不動産の購買単価が高いので、物件が売れれば大きな広告収入に繋がることから、媒体各社は大きな紙面を割り振って、「マイホーム旋風」を煽っていました。

　それまでは、不動産記事や、墓地や仏壇仏具関連の記事は男性記者が担当していましたが、私は「家のことや、お墓のことは、主婦の目線でレポートするべきだ」と考えていましたので、墓の記事も不動産記事も、書くのは嫌ではありませんでした。来る日も来る日も、人もまばらな郊外の墓や建築現場に足を運んで、大工さんや、お寺のご住

職に色々教えて貰いながら（時にしつこく、仕事の邪魔だと叱られたこともありましたが）、懸命に現場を飛び回って取材に明け暮れていました。

　私の愛した仕事は、誰も書きたくない「残り物ばかり」だと言った同僚がいましたが、私は、神様が私に残してくださった宝物のような気がしていました。現実に、この「残りもの」が、その後のライターとしての私の人生を大きく飛躍させてくれる「福の種」になったのですから。

　皆が敬遠する不動産記事の依頼が、クライアントから私に指名付きで来るようになり、量も増え続け、記事が注目を集めるようになりました。人気の高いニュータウンなどは、入居希望者の抽選会が実施されるほど。私は、営業成績に貢献したから（？）でしょうか、パートタイムの非正規社員から、正式な社員になり、気がつけば編集長という管理職に抜擢されていました。

　順調な経済成長を遂げた日本。主婦に向けて地域全戸に配布される無料の生活情報紙（フリーペーパー）は、財布の紐を握っていた主婦

読者参加の通信員会議。情報収集は編集長の大切な役目でした

の購買意欲を煽り、日本のフリーペーパーは、本場アメリカを抜いて、世界でもトップクラスの発行部数を誇る媒体になっていました。そんな中、OLの可処分所得と、高額所得者層を購買に結び付けようと狙った、初めてのカラー版が誕生しました。

　学歴も経験もコネもない私が、その初代編集長ということでしたから、周囲からは「運の強さ」だけが誇張され、裸の王様さながら、「ただのシンデレラ」と陰で揶揄されていることにも耐えなければなりませんでした。私は被爆者から逃げるではなく「被爆者を生きるため」にフリーランスで、仕事をしたい。自分の体を管理しながら周囲に気付かれず出来る仕事はフリーランスのライター以外はないと考えていました。

　ともあれ、私には、人の何倍も努力しなければならない被爆者としての理由があるのに、それを他人に知られたくない哀しい意地のようなものがありました。

　笑顔が習い性となっていたことが、苦労知らずの調子のいい人間と周囲には映っていたのでしょうか……ただ、とめどもない不安と孤独感に襲われていました。

ひ と り

引っぱっても　ひっこめても
並べても　積んでも
ひとつだけ　余ってしまう
積み木のかけら
つまらぬ妥協に身を削り
取り残された　丸いかけら
コロコロと　コロコロと
わらい転げる　ふりをして
そっと泣いている
わたしの　かけら

そして、2 年後、媒体の方向性や、読者の基盤が固まって来たので、私は辞職を決意しました。

とはいっても、辞めるには、ちゃんとした理由が必要でした。当時は業界で編集長の引き抜きが注目を集めていましたので、会社はそれを警戒して、就任する時の何倍も慎重になっていて、簡単には辞職を許可しませんでした。私は誰にも迷惑のかからない理由を考え、「シナリオを書きたいので勉強したい」と社長に直談判して許可してもらうことにしました。

社長は、引き抜きではないことがわかると、「系列の TV 局に紹介するので、必ず脚本家になって帰って来るように」と言って退社を許可してくれることに。

シナリオ作家に当てがあった訳ではありませんでしたが、何となく K 先生がシナリオを書いていらしたことが頭の隅にあったからかもしれません。

生活情報紙へのまなざし ── メディアプランナー

だからといって、生活情報紙（フリーペーパー）から何も学べなかった訳ではありません。その後、メディアプランナーとしていくつかの媒体の編集を手伝いましたが、生活情報紙から学んだことがとても役に立ちました。フリーペーパーは、チラシでもない新聞でもない、ましてその中間でもない、機能において、新聞とチラシ双方の魅力を持つ、当時の新しいメディアでした。現在では当たり前になっている「マルチメディア」に一番近い所に生きていた媒体だったからです。

この知見が、後に（1995 年）日本ではじめての（世界でも稀な）フリーペーパー論『ザ・フリーペーパー』と『新・生活情報紙 ── フリー

ペーパーのすべて』（共に電通刊）を著すキッカケとなり、大きな反響を得ることが出来ました。

この著書は、広告業界をはじめ、マスコミを目指す学生たちの手引き書となったことも嬉しいことでした。

瓢箪から駒（?）のシナリオライター

昭和59（1984）年、会社に辞表を提出した途端、「シナリオ作家になるために退社した」という私の退社情報は、あっという間に広がっていました。

情報を聞き、「シナリオやるの?」と、心配して駆けつけてくれた人がいます。映画監督の岩内克己先生でした。

私は、退社したかっただけで、シナリオ作家になる気はないし、当てもない。誰にも迷惑がかからないと思って言ったことなど、正直に打ち明けることにしました。

岩内先生は、「それなら本気で、ジャックプロにおいでよ」と声をかけてくださいました。ジャックプロは当時、日本で唯一の「シナリオ作家のプロダクション」で、多くの映画・TVのシナリオを手掛けていました。岩内先生は同プロダクションの締役員の一人でした。社長は二人いて、シナリオ作家の小川英先生と、田波靖男先生。テレビや映画界の名だたる監督やプロデューサーが役員に名を連ねていました。詩の翻訳家の岩谷時子さんもその一人でした。

瓢箪から駒の思いがけないお誘い、あこがれの岩谷時子さんにも会える、別に断る理由はありませんでしたが、私は本格的なシナリオを書いたことがありません。その不安を話すと、二人の社長が口を揃えて、「それなら指導しましょう」ということで、改めて重役会議を開

くことになりました。その結果全員一致で、

「いっそ全国から生徒を集めて、シナリオ塾を開講してプロを育成しよう。1人教えるのも10人教えるのも同じだから」ということに。

結局、全国から大勢の希望者が集まり試験を実施。10名が明日のシナリオライターを目指して入塾を許されました。

ラッキーだったのは、田波・小川両社長はじめ重役たちが、夢を持ち、その実現に努力している人間を応援するのが好きで、反対に現実と妥協し、馴れあうことを嫌っておられたことでした。

かくて私は、小川英社長の指導のもと「英塾(はなぶさじゅく)」と名づけられた教室で、10名の仲間とシナリオライターを目指して1年間努力の日々を重ねることになったのです。

★田波靖男（1933-2000）
　プロデューサー。脚本家としては東宝映画「若大将シリーズ」クレイジーキャッツの「無責任シリーズ」を手掛ける。
★小川英（1930-94）
　脚本家。TVドラマ『キーハンター』『太陽にほえろ』『遠山の金さん』など多くのシリーズを手掛ける。
★岩内克己（1925-2022）
　映画監督。映画「若大将シリーズ」他、TV『極める』他。

社長の田波靖男先生と　　　　　映画監督の岩内克己先生と

つぼみの微笑

　シナリオ塾に入塾した昭和59（1984）年の秋に、薮田義雄先生が逝去され2年後には、平野威馬雄先生が逝去されました。

　私は悲しむ暇もなく、「ジャックプロダクション」に所属し、「英塾」の第1期生として、毎日毎日TVドラマのプロット（筋書）を書いていました。

　昭和60（1985）年には、役者の気持ちがわからなければ、良いシナリオは描けないからと、当時、小川英先生が脚本を担当していらしたTV時代劇『遠山の金さん』（主演：高橋英樹）に端役（遊郭の女郎の一人）として出演することに。女子塾生3人で京都の東映撮影所に向かいました。私たちのセリフはそれぞれ、たった一言。私は女間者役の中野良子さんに犯人の行方を尋ねられて、「あっち」と指すだけの役でした。それでも「特別出演」とテロップに大きく名前（英塾・山中茉莉）が流れて、びっくり仰天！

　1本の脚本のために、大勢の人が大変な手間と労力をかけて作品を作り上げていることに感動しながらも、一方で、早くも脚本を書くこ

シナリオ塾の塾長・小川英先生と　　たった一言のセリフで、女優体験？

との重圧を感じ始めていました。

　3年後の昭和62（1987）年、当時人気を博していた石原裕次郎さん主演の『太陽にほえろ』で、シナリオ作家デビューさせてもらい、文化庁が後援していたTV番組『極める』というシリーズの中の「女性美と化粧の系譜」（構成：山中茉莉、監督：岩内克己）で、岩内克己監督と仕事ができ、仕事のジャンルをひとつ広げることができたのでした。

　大輪ではないけれど、小さな花が、つぼみをいっぱいつけて微笑みかけてくれている気がしていました。

　シナリオライターとしての技術を身につけたことは、作詩にも活かすことができました。後に伊豆市民オペラ協会から委嘱され、オペレッタ『夫の宝もの』（作曲：朝岡真木子）を書くことができました。「夫の宝もの、それは妻の笑顔」というのが、この物語のコンセプトです。これは日本歌曲振興会（波の会）の定期演奏会などで何度も再演され、大きな喜びとなりました。

オペレッタ『夫の宝もの』の舞台挨拶（波の会：名古屋公演）

そして翌年の 12 月、荻窪から、故郷の比治山に似た所沢の高台に
引っ越しました。所沢に下見に来た時、タクシーの運転手さんが、「こ
の辺りは、年中花が咲いて楽しいですよ」と案内してくれました。「美
しい」とはいわず「楽しい」と言ったので、何だかポジティブな笑顔
を想像して、マイホームは、この地に決めました。
　数年後、予感は的中し、笑顔の素晴らしい女性たちのグループに出
会い、その笑顔に引き寄せられて、コミュニケーションの輪がどんど
ん広がっていきました。

近くの多摩湖は、花いっぱいの散歩コース

第3章　希望の微笑み──花と宝石

　平成元（1989）年、所沢で初めて迎える新年。1月8日昭和天皇が崩御され、年号も平成と変わりました。

　11月には東西ドイツを隔てるベルリンの壁が崩壊。そして私の中にも、大きな変化を予感する幕開けとなった年でした。大切に育てていた小さな希望のつぼみが、次第に大きく膨らんで微笑みかけていました。

　この年の6月に、詩集『女人獣想』（教育家庭新聞社刊）を上梓することができました。女性の歩む道が、時に「けものみち」に感じることがあり、女性の愛の姿を獣に比喩して愛の姿を描いてみました。帯に脚本家のジェームス三木さんと俳優の江守徹さんが添え文をくださいました。

　　この詩集は男と女の謎を解く一行のドラマだ。猫が、蜂が、姿
　を変えて女性の心理を代弁する。読む者は時に爪で心を引っ掻か
　れ、チクリと刺される。その痛みが妙に納得できてしまう。

　　　　　　　　　　　　　　　　　　　　脚本家・ジェームス三木

女のひとはしたたか。「かわいそう」だとか「可憐だ」だとか、そんな男の身勝手な胸の内も、すべて見透かされてしまいそう。でも、そんな女性を、世の男たちは必要としているのだ。

俳優・江守 徹

　翌平成2（1990）年。花博（後述）を迎えました。私は、それにあわせて山中茉莉詩集『女人想花』（すばる書房）を上梓しました。詩集の帯には写真家の秋山庄太郎先生が文を寄せてくださいました。

　百花繚乱に咲き競う女こころ……とりどりの花がこの一冊の中で、個性豊かに咲き方を競っている。それは愛を競う女たちの姿そのままに健気でいっしょうけんめいだ。花々の呟きは優しく哀しく、ときに怒ったり、拗ねたりして愛に揺れ動く女性の本音を吐露してみせる。それは、私がファインダーを通した時に捉える女性の呟きに似ている。

写真家・秋山庄太郎

　そして、初めてのアンソロジーが2冊相次いで、発刊されました。
　『地球に降りた花神たち』（徳間書房刊）
　著者は10人の女性。岩谷時子、江間章子、呉美代、白石かずこ、立原えりか、村松英子、御木白日、宮中雲子、山中茉莉、吉原幸子に

東西の「宝くじドリーム館」で開催された
「"花ことば"夢と愛の十二ケ月」展

よる花と愛の賛歌です。

『五人輪舞──現代女流詩人作品集──』（アートダイジェスト刊）

　著者：岩谷時子、白石かずこ、御木白日、宮中雲子、山中茉莉

　2冊とも尊敬する先輩の女流詩人がご一緒で、とても嬉しく刺激的な参加になりました。2冊とも花博を記念した企画でした。

　「"花ことば"夢と愛の十二ケ月」──詩と写真特別展

　花の写真に愛と夢を折り込んだ大パネル展。詩：山中茉莉

　平成2（1990）年4月1日から9月30日まで、大阪で、大国際園芸博覧会─国際花と緑の博覧会─（通称「花博」）が開催されましたが、それに合わせるように、ドリームジャンボ宝くじ発売を記念した写真と詩のパネル展が、大阪と東京の宝くじ抽選会場で開催され、広い会場に取り付けられた12ケ月の花の写真パネルに12ケ月の花ことばの詩を添えて。東京会場では、私の詩の朗読も中継してラジオで放送しました。

　花博の余韻がまだ冷めやらぬ2年後の平成4（1992）年、今度は中

央信託銀行 30 周年記念行事として、「愛の十二ケ月展」——詩人・山中茉莉　花の世界（吉祥寺支店）、「花ことば　山中茉莉の世界」——詩と花の写真展（渋谷支店）他、好評だった宝くじイベントと同じ形式でパネル展がおこなわれました。

「仏壇仏具店」は知識の宝庫

　私が生活情報紙のレポーターとして関わった 10 年間の「残りもの」が、次々に日の目をみて、りっぱに存在感を主張、福をもたらしてくれました。

　福をもたらした「残りものの取材先」の一つに「仏壇仏具店」があります。私が取材した仏壇仏具店には、仏具だけでなく、神道で扱う神棚なども扱っていました。取材する度に、仏具、神具に込められた祈りを、日本の祭礼行事や、冠婚葬祭を通して学ぶことが出来ました。後に、この知見を、ある組織の機関誌に執筆。すると日本の伝統行事や冠婚葬祭の作法をもっと知りたいと講演依頼が来るように。そのうち日本語の美しさに触れたいと「詩の教室」を希望する人も現れて、

日本の伝統行事に学ぶ「歳時記
サロン」のお花見（稲荷山公園）

サロン形式にこだわった
「詩の教室」。笑顔が弾む

結局、日本の伝統行事を月ごとに学ぶ「歳時記サロン」と「詩の教室」の講師を 6 年間続けることになりました。

パワーストーンのブーム到来

　残りものではないのですが、苦手だった宝飾店に関わることで、ライターとして、得意のジャンルを増やすことができました。

　編集長を辞め、銀座にあった宝石店に挨拶に立ち寄った際、社長は、私の顔を見るなり、「広告が欲しかったら、もっと宝石の勉強をして来い」と恐い顔。広告をねだりに来たと勘違いされたのでした。

　私が編集長だった時、この店を担当していたのは若い独身のレポーターでしたが、上司である私は宝石を持ってない、知識がない、興味がないと、無関心が三拍子揃っていましたので、レポーターの書く売れに繋がる記事のチェックができる訳がありませんでした。しかし、宝石を持っていないことと、宝石の知識がないことは別問題。言い訳はできない。私は深く反省しました。

　当時の宝石に関する本を読みあさっていると『プリニウスの博物誌』や『アリストテレスの鉱物書』など、いくつかの外国の古い書物に宝石の「パワー」が示されていました。宝飾店の社長にお詫びのつもりでそれらを面白く読み物にして持参。社長は宝石の宣伝に役立つので、社員に読ませると、大変喜んでくださいました。

　その後、実務図書を専門に扱っていた、日本法令の編集者と雑談していて、宝石のパワーや伝説を話すと、「その話は OL に読ませましょう！」と、日本法令刊の初の宝石本として出版することになりました。

　女性のバックに入るポケット版『宝石の知識』『宝石の神秘』『宝石

ものがたり』と、次々に刊行して下さったのです。

　そして8年後の平成13（2001）年に本格的な宝石文化史として『宝石ことば』を八坂書房から出版。これはパワーストーンブームの魁になりました。日本宝石協会の主催で、全国の同協会に加入している宝石店を対象に大阪と東京の2会場で講演。

　それまでは、結婚・婚約指輪をはじめ宝石といえばダイアモンドでしたが、値段も種類も様々なパワーストーンの登場で、宝石の魅力の多様性が見出され、宝石業界も販売に活路を得て活気づいていました。

　その後も、ブームの流れを受けて、八坂書房から『星座石守護石』『淡水真珠』を出版していくことに。

第4章　汚れなき庭 —— 童謡に魅せられて

　平成3（1991）年、ジャックプロの岩内克己映画監督に、今度は小金井市にある専門学校の非常勤講師の職を紹介していただきました。その数年後には蒲田にある専門学校や川越市にある音楽短期大学から誘いをいただき、多忙な毎日でしたが、若い人たちとの交流はかけがえのない宝物となりました。結局、この時以来、20年近くもの間、専門学校の講師を副業にしていました。

　音楽短期大学は、平成12（2000）年に大学に改編したのを機に辞職しましたが、授業の合間に学生が、それぞれに書いた詩を見せに来てくれるのが楽しみでした。それに当時、嵐野英彦さんはじめ同大学の教授の幾人かが、若い頃「みすず会」（詩人と作曲家の勉強会）で、切磋琢磨しあった仲間だったことも分かり、感慨深いものがありました。

　学生たちとお茶や食事をしながら、「青春の作法」や「恋愛の作法」をテーマに将来の夢を語りあったのも楽しい想い出です。

心の拠り所を求めて——命の輝き

　フリーランスの山中茉莉として生きていきたいと思った時、誓ったことがありありました。"どんな仕事も絶対に断らない、いただく仕事は謙虚に感謝して打ち込もう"……と。しかし、現実は厳しく、欲

しい仕事とできる仕事はあまりに
ギャップが大きく、初心を試されるこ
とばかりでした。自信をなくする前に
自尊心が傷つくのは辛いことでした。

「命の輝き作詩大賞」の発表と司会
を、宮中雲子さんと勤めました

　そんな中で、心から詩の神様に感謝
したい出会いがありました。平成3
(1991)年、専門学校の講師依頼と前
後して、財団法人日本児童家庭文化協
会が主催する「命の輝き作詩大賞」の
キャンペーンに協力して欲しいという
依頼です。これは難病と闘っている子供や家族、関係者から詩を募集
して、心の呟きや叫びを広く多くの人に知ってもらうことで、社会の
果たす役割は何かを考えていこうとするものでした。

　私は、詩人の江間章子さん（故人）、宮中雲子さんと3人で女流詩
人グループ「クイーンズ」を結成し、選者「クイーンズ」として3人
で協力させてもらうことにしました。

　平成9(1997)年、それまで毎年キャンペーンを実施して蓄積され
た5回分の受賞作品を一冊にまとめて、詩集『命の輝き──作詩大賞
作品』（財団法人日本児童家庭文化協会）が刊行され、多くの人に子
供たちの心の叫びを、読んでもらうことができました。

　5年間を振り返って、難病の子供たちから教わることが沢山あり、
特に母親たちの姿が、私の母の姿とオーバーラップして、涙がとまり
ませんでした。

　気がつくと、私自身も子供に返って童謡を書くことが多くなってい
ました。童謡を書いている間だけは、子供たちの汚れのない庭に入っ

音楽会の後の打ち上げは楽しみの一つ。折本吉数先生（左）と高木東六先生（右）

て、心を遊ばせることができました。

ちょうどその頃、童謡協会の主催する「童謡際」や、ACA（詩と音楽）の主催する「芸術歌曲の夕べ」で、作曲家の折本吉数先生と、作詞作曲のコンビを組むことが多くなっていました。音楽会の後は、気のあった人たちと打ち上げ会をするのが、恒例に。作曲家の高木東六先生も度々顔を覗かせて、その度に「是非、コンビを」と言って頂いていたのに、いつも私が詩の締め切りを守れず実現出来ませんでした。折本先生の亡き後、高木先生ともお会いする機会もないままに、平成18（2006）年8月、高木先生が102歳の長寿を全うされたことを新聞で知りました。

クイーンズとミューズ

「命の輝き作詩大賞」の経験から、詩人がグループで選者を引き受けるのはいいな、と思いました。偏らない、色んな見方、考えに寄り添うことで子供の大きな可能性を見逃さないですみます。これに味を占めて、大人の詩の選者グループに、岩谷時子さんに加わっていただき4人のグループ「ミューズ」で女性向け媒体の詩の欄の選者を引き受けることにしました。その後、「クイーンズ」と「ミューズ」は、媒体の契約が切れてご一緒にする仕事はなくなりましたが、現在では考えられないような、小さなスペース欄の大きな存在感を共有することができました。

第5章　想い出の花びら —— 望郷

……………………………………………………………

　所沢に越して来て、10 年経った平成 12（2000）年。輝かしい世紀の幕開けだというのに、その前後に多くの大切な人との別れが相次ぎました。

　原爆が投下された広島で、惨禍の中を一緒に逃げた伯母（京：享年 83 歳）と、その息子の聡（享年 64 歳）、そして私の父（章：享年 94 歳）の逝去。

　広島で、兄夫婦と暮らす母は、伯母と父を失い、急に年老いたようでした。母の身体を心配した兄夫婦は階段の多い自宅を処分して、郊外のエレベーターのついたマンションに引っ越しました。しかし、環境の変化についていけない母は、かえって認知症を悪化させ、薄れ行く記憶の中で、過去と現在を彷徨ように……。

　そんな中で起きた平成 23（2011）年 3 月 11 日の東日本大震災は、母に忘れかけていた原爆投下の恐怖を想起させていました。日本全国、どこのテレビ局も震災直後の、津波に呑み込まれる街の様子を繰り返し映し出していましたが、母はその映像をタイムスリップさせて、原爆に遭ったあの日に立ち戻っていました。私たち家族が逃げた川が、黒い雨の濁流になって多くの人を呑み込んでいった様子を、大震災の津波に重ね合わせていたのでしょう。過去と現在、現実と記憶が入り混じって脳に混乱をきたしていました。

　震災の数日後、私は広島の実家に母を訪ねることにしました。

母は私の顔を見るなり、「よう帰ったね、もう安心だからね」と言いながら、私を抱きしめていました。自分は濁流の中から兄に助け出されて、ここで避難しているのだと説明。そのうち私を「お姉さん」兄嫁を「お母さん」と呼んで、「ああ、流されなくてよかったねえ」と、私の手を握りしめて泣いていました。濁流の恐さと、助かった喜びが、強烈に母の気憶を呼び起こしているようでした。母は、それを境に原爆のことはあまり口にしなくなりました。認知症が進んで、苦しい記憶から解放されたとすれば、それは御仏のお慈悲のように私には思えたのでした。

　その2年後の平成25（2013）年12月、広島に初雪が降った朝、母は静かにお浄土に旅立って行きました。父と同じ享年94歳でした。

　母の亡き後、私は長い間、副業にしていた専門学校の講師を辞職し、母、伯母、祖母の被爆者としての記憶を継承していかなければと、自分に言い聞かせていました。

　微笑みの庭に訪れる、平和な季節を信じて――。

第 1 章
歳月への手紙

被爆者なればこそ

想い出

忘れかけていた　ぬくもりが
沈丁花の花に　姿を変えて匂う季節
小さな路地裏に立って
ふとみつけた　幼い頃の想い出
白い花と　白い心に添えて
ウフフッ　母さんにそっくりな
ほのかな香りを　よく真似て

こんな小さな場所にだって
確実に訪れる幸せがあるのだから
やっぱり
想い出は大切にスクラップしようと
考えてしまうのです

♪ 作曲：矢野好弘／初演 1978 年「みすず会」公演（朝日生命ホール）

美しい朝・母に

私は生まれたのではなく
あなたが生んでくださったのです
今日という日を祝うのではなく
あなたに感謝をしたいのです
紫陽花の咲きみだれる朝
三十路も半ば過ぎの
誕生日を迎えてひとり静かに誓います
"せめて、今日一日は美しい私でいたい"
ほのかなくちなしの香りが
"体は無理をしないで
　愛する人には優しくするのよ"
あなたの口ぐせを真似ているようで
なぜか　素直になれそうな
優しい心になれそうな
六月吉日　私の朝

歳月への手紙

やっと自分のことを「ワタチ」などと言えるようになった幼い日
生まれたばかりの弟は可愛くて
私の心は穏やかではありませんでした
母の耳もとに唇をしっかり押しあてて
来る日も来る日も同じことを訊ねました
「本当は誰が好き？　チビ？　ワタチ？
　　いなくなってもいい子はだあれ？」と——
そのたびに母は首をかしげて笑っていました
それでも本当のことが聞きたくて
拗ねて泣き出してしまったある日
母は鋏を持ってきて私の指に押しあてました
「さあ、どの指を切りましょうか。　痛くない指はどれ？」
びっくりして手を引っ込めた私に
「チビもワタチもこの指と一緒、
　　母ちゃんはどれを切り落としても痛いの、だいじな指だもの」
頬に私の手を引きよせて
母はもう一度言いました
「かわいい、かわいい、だいじなお手手」
伝わってくる指の先の温もりが
幼い心を甘く満たしてゆきました

あれからどれほどの歳月が経ったのでしょうか
チビと呼んだ弟にも
「ワタチ」と言えるようになった娘が生まれました
「ワタチみんな大好き！」
可愛い口ぐせも身につけて
しかし、
母は繰返し、繰返し訊ねます
幼い孫の耳もとで
「本当は誰が好き？
　おばあちゃんがいなくなったら、淋しい？」と──
気がつけば
歳月よ、あなたはあの鋏と一緒に
あんなだいじだった母の想い出までも
錆びさせていたのです

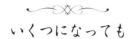

いくつになっても

―その声は―

久しぶりだから　お母さん
一緒に並べる枕辺は
なぜか甘えてみたくって
狸寝入りの私です
団扇のしぐさも昔のままで
静かに　静かに
蚊を払ってくれるお母さん
流れてくる線香の煙に隠れて
そらっ、寝返りを打ちますよ
あわてて私の頭を持ち上げて
あなたは小さく「ヨイショ」
ああ、その声は　その声は
いくつになっても　あなたはお母さん

──しょうのない人──

別れるときの　すべも知らずに
発車のベルに　ふりむいた
ベソかき顔のあなた
「もう見送りはええ、早よ　帰りんさい
　　早よ　早よう！」なんて
そらぞらしく　吐き棄てたりして
握りしめたこの手を離してもくれないで
そのくせ、やっと電車が出たと思ったら
私の心に　しっかり手錠をかけてしまって
あーあ　しょうのない人
だから　いくつになっても
あなたは　お母さん

白髪

"また来るよ" "また来るよ"
いま来たばかりだというのに
その時からはじまる
丸い背をした母の口ぐせ
また来ることに
ひとすじの生き甲斐を見つけて

そんな母の帰って行ったあと
ほうきの先や、じゅうたんの隅に
しっかりとからまってふるえている
細い白髪のひとすじ

そっと手にとれば聞こえて来る
"また来るよ" "また来るよ"
幾年もその言葉を繰り返すたびに
白くなっていった母のつぶやき

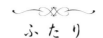

ふたり

こんなそばに居て
遠い距離
ほんのちょっとした透間(すきま)に
入り込んでしまった
意地っ張り
ふたりの言葉は
突然に背をむけあって
湯のたぎる音だけが
腹立たしげに泣きわめく
ちょっとさわっただけでも
はり裂けそうな
長い　長い　この孤独

♪ 作曲：伴博／初演 1987 年「まほらま会」研究会

希　望

教えてほしい
あなたは何億年という
哀しいほどの歳月を
まるで何も無かったように
笑って輝いている
この束の間の渇きにさえ
ふるえている私だというのに
こんなすさんだ暗い夜に限って
眩しいほどに微笑みかける
だから「星」なのか　あなたは

あなたにあこがれて
今日もまた、だれかが流れ星になった

♪ 作曲：伴博／初演 1987 年「まほらま会」研究会

月の夜だから

"散歩しよう"
あなたの目が訊ねる
黙ってうなずく私です
歩きつづけて小半時
月の明るい夜だから
道ばたの花を髪に挿し
きどってみせる私です
笑顔でうなずくあなたです
あなたの影にさわろうとして
よろめく私の影に
ふりむくあなた
笑って首をふる私
そうですとも、こんな夜は
ひと言だって喋らないがいいのです
静かに　静かに　歩きつづけて
なんでもないような顔をするのです
今宵は二人の記念日だから──

嘘

（Ⅰ）

レストランの前を通ると
「今夜はここで食事だ」
花屋の前を通ると
「おみやげには花がいいね」
と、いつものとおり夫がいう
私はきめられた動作のように深く頷く
昨日と、そしてその前と、同じように
夫もまた、決められたように
「今日こそ、この楽譜が採用されるよ」
と、バスに乗り込む
夫の嘘を待ち侘びることで私の一日は暮れていった

（Ⅱ）

雑踏を逃れて入った横丁で
名もない歌手の　名もない歌が流れた
それは紛れもない夫の曲

私は夕餉の仕度を忘れて
レコード店へと走った
しかし、その求めたいレコードはどこにも無かった
どこの店員もそんな曲は知らないと言った
日が暮れて町の片隅でみつけた店のおじさんだけが
「なあに、売れない曲だったら、ここには無いけど
　取りよせればありまさあ」
と言って
「しかし、ありゃあ、いい曲ですな」
と聞いたこともないのに、嘘をついた

（Ⅲ）

その大事な一枚のレコードに手紙を添えて
故郷へ送った
「お母さん、これで機嫌直してくれるでしょ。
　主人はいい人です。私は幸福なのよ」
と、ただ最後の一行
「この曲は東京で流行っています」
それだけは、どうしても言いたかった、私の嘘であった

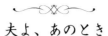

夫よ、あのとき

残念ですが……
不妊の宣告を受けた
小さな病院の待合室
私は取り乱し　ためらい
薄れゆく記憶の中で
"ふたりの子供だもの、きっといい子だよ"
気の早い親バカぶりを発揮していた
あなたの言葉を思い出していました
開きかけていた病院の窓に
強い雨が吹き付けて
夢が粉々に壊れていくようでした

時が流れ
焦りはじめた　あなた
でも……その事実を、どう説明すればよかったのでしょう
あなたを傷つけたくないと思う気持ちが
"子供なんて好きじゃありません　産みたくない！"
そんな言葉になって次々に
信じられないほど飛び出してしまう私でした

"欲しくない"といいながら
ふと、何かを言い出そうとする自分が恐くて
あなたの心に耳を塞いで
ふるえていた日々

急変した私の姿に悲しみ戸惑うあなた
そんなあなたの後ろ姿を
薄暗い教会の片隅で見たとき
私の心は張り裂けそうでした
私の胸は……
夫よ！　あの時、私は――

記念日に

二人で歩く銀杏並木は夜目にあかるく
今日はふたりの記念日だから
おなじみのレストランで
好物を注文して空ける赤ワイン
あの時の仕草そっくりに　あなたは
無造作に差し出す小さな箱
なつかしさが押しよせて来る
窓の外を見ている横顔に
失われないものが　ただよって
私は　その影にさわりたいとふるえる
小箱の中の真珠は
「本物だよ」
と、あなたは言う
ありがとう
でも、あなたこそ　本物よ

迷 い

それをしてよかった　私
それをしなくてよかった　私
ふり返るたびに充たされぬ
ふたつの道——

そんなことをしなければよかった……
それをしとけばよかった……
ふり返っては悔むうらはらな想い
所詮、後悔には二つの道しかないのですね
でも、どうして私……

渇望——ふたり

背を向けあって
交錯する
ふたつの道

透明に輝く道の向こうで
あなたは決まって
「いつか　きっと……」と
未来に逃げ
私は決まって
「だから　あの時……」と
過去に逃げる

傷つきながら
捨てきれない
明日と昨日の狭間で

いつしか
逃げ場を失った
二つの命が泣き叫ぶ

ほんの
ちょっとでいい
いまでなければならない
夢が欲しい
あなたでなければならない
私でなければならない
愛が欲しい

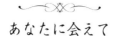

あなたに会えて

あなたに
会えて　よかった
思いっきり　愛して
思いっきり　笑って
思いっきり　走った
そして……
泣いた

あなたに　咲いた
夢中で　咲いた
あなただけを
見つめて　咲いた
そして……
散った

けれど
あなたに　会えて
あなたに　咲いて

私の命は
燃えたのだから
やっぱり　よかった

あなたに　会えて——
あなたに　咲いて——

♪作曲：小菅泰雄／初演 1990 年 ACA 主催
　「芸術歌曲の夕べ」（朝日生命ホール）

なれるなら

なれるなら
ライターになりたい
あなたの優しい掌で
小さな炎を灯していたい

なれるなら
ポケットチーフ
あなたの胸のあたりで
ちょっぴり首をのぞかせて
あなたと同じ景色を
眺めていたい

万年筆になりたい
あなたが
力強く握りしめた指の中で
大切な日々の
記憶を留めたい

手帳になりたい
あなたが
いつも忍ばせている
内ポケット
胸の辺りで伝わる
愛しい温もり
激しい鼓動を
聴いていたい

私はなりたい
あなたが必要とする
小さなモノたちに
そっと
心を添えて
生きていきたい
なれるなら……

♪作曲：折本吉数／初演 1988 年 ACA 主催「楽
　しくうたう歌曲の夕べ」（第一生命ホール）

視　線

"あなたの為に作ったのよ"
美しい友人がくれた「シュガードール」
ちょっぴりすました微笑が
可愛い彼女によく似ていました
でも、それはどういう訳か
眼差しが少し斜めで
話しかけても　抱きしめても
決して私をみつめてはくれませんでした
そばに寄せれば寄せるほど
私を無視する視線……
しだいにつのる腹立たしさ
ある日、我慢できなくて、とうとう
その人形を投げつけてしまいました
すると、コロコロとまるで笑い転げるように
二、三回転して部屋の隅に行くと
ピタリと斜めに向いて止まりました
そして、ニンマリと
はじめて私を見て笑ったのです
それからです
私がその美しい友人に会うのが
たまらなく恐くなったのは……

慶　事

赤い花が咲いています
切られたことも知らないで
白い蕾を抱いたまま

白い小鳥が唄っています
籠の中とも知らないで
赤い 喙 自慢して

赤い魚が泳いでいます
ガラスの中とも知らないで
白いアブクを追いかけて

白い外灯が点いてます
今は昼間と知らないで
赤い命を燃やしています

赤い櫛で梳かしています
老いたことも知らないで
白い髪を梳かしています

だから 慶 事って本当は
退屈な神さまの
お遊びだと言ったのでしょう
あの人は……

♪　作曲：野田暁春／初演 1978 年「みすず会」第 6 回公演（朝日生命ホール）
♪　作曲：渡辺礼司／初演 1994 年「まほらま会」第 20 回公演（上野公園泰楽堂）

花吹雪にかえて

ひとときの花に酔い
人の心に酔いしれて
波打つ感動を　手拍子に変え
あなたは此処に座す

酌み交わす盃に
想い出を浮かべ
歳月を浮かべて
あなたは酒を干す

酔えばなお降りしきる
想い出の花びら
風よ、花よ、降りしきれ、
この人生の風雪を
今、花吹雪にかえて
この人の上に降りしきれ

化　野

<ruby>化野<rt>あだしの</rt></ruby>の

念仏寺に降る雨は

八阡余粒の涙です、

八阡余粒の石仏が

風にゆだねた<ruby>風葬<rt>とむらい</rt></ruby>を

思い出している涙です、

風に吹かれて鐘の音が

小さく消えてゆきました、

小さく消えてゆきがてに

耳につきます

無縁仏の念仏が、

諸行無常の空念仏が ——

♪作曲：嵐野英彦／初演 1983 年「嵐野英彦コンサート」青山タワーホール
♪作曲：浅川春男／初演 1990 年「浅川春男コンサート」

雨・つぶやき

紫陽花を
染めて哀しい
雨が降る
常寂光土の七色を
花に托して
降りしきる
常寂光寺の昼下がり
降りつむ懺悔か　ため息か
そっとつぶやく鐘の音
嵯峨野の里の鐘の音

♪ 作曲：松本民之助／初演 1979 年「みすず会」第 11 回研究会

法善寺の横丁で

水をかけ
願をかけ
精一杯の思いをかけて
手を合わす
香のかおりに誘われて
まぎれ込んでしまった
法善寺の横丁で
旅の終わりの想い出に
汲んだ水のぬるむ夜
御不動さまも泣き出しそうで

♪ 作曲：嵐野英彦／初演 1979 年「みすず会」第 5 回公演（朝日生命ホール）

嘘

女は嘘をつく

女は嘘をつく
あっちにも　こっちにも
嘘ばっかり　ついている
たった一つの　真実を守るために
ついついの嘘を並べる
そのついついの嘘が
いつも大きな嘘になって
たった一つの
真実を飲み込んでしまう
女はそれに気づくこともなく
相も変わらぬ嘘をつく
あっちにも　こっちにも
嘘ばっかりの　嘘をつく

男は見栄をはる

男は見栄をはる
あっちでも　こっちでも
見栄ばかりはっている
ついつい見栄をはる

そのついついの見栄が
いつの間にか妄想となって
たった一つの夢を飲み込んでしまう
男はそれに気づくこともなく
相も変わらず見栄をはる

魔物

女は嘘をつく
たった一つの真実にすがり
愛を貫いたと嘘をつく

男は見栄をはる
たった一つの夢にすがり
愛を貫いたと見栄をはる

男がいて　女がいて
愛を食いものにする
魔物がいる
そらっ、
ここに！

女は嘘をつく
♪作曲：松本民之助／初演 1979 年「みすず会」第 11 回研究会
♪作曲：大中恩（混声合唱）／初演 1983 年（東邦生命ホール）
女は嘘をつく　男は見栄をはる　魔物
♪作曲：加藤由美子／初演 2004 年「新・波の会」ニュー・ウェーブ・
　　コーラス・フェスティバル（なかの ZERO 大ホール）

吉祥天と闇黒天
―人生楽あり苦あり―

さても　むかし　むかしの物語
ある村里の　一軒家
吉祥天が現れて
黄金の山を差し出して
一夜の宿を乞いました

貧しい主は喜んで　我を忘れて有頂天
「福が来た　徳が来た　ようこそおいでた吉祥天よ」
手を差し伸べる主の前に　見知らぬ女　もう一人
垢にまみれ　ボロを纏って震えています
よくよく見れば闇黒天
災難と疫病の種を差し出して
一夜の宿を乞いました

貧しい主は驚いて　怖い顔して仁王立ち
「近寄るな　出ていけ　出ていけ　貧乏神め」
それを見ていた吉祥天　主に向かって頼みます
「闇黒天は私の妹　どうか　二人一緒に」
主はびっくり仰天　闇黒天を突き飛ばし
「嫌じゃ　嫌じゃ　苦労は嫌じゃ」
「それなら私も出て行きましょう」
吉祥天は闇黒天の手を取って
主の家を去りました

吉祥天と闇黒天　仲良し姉妹は歌います。
この世の中に　いいことばかりはありませぬ
この世の中に　悪いことばかりはありませぬ
今は昔の物語　　昔は今の物語

ライフイズクッキング①

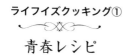

青春レシピ

下ごしらえ

青春レシピ　手を抜かず

生きのいいのが　命です

固く閉ざした　わだかまり

心の泥を　落としましょ

ヒミツの皮も　剥きましょう

昨日の誤解　取り除き

溢れる愛で　まぶしましょ

ありのままで　向き合って

明日に　向かってスタンバイ

味付け

つらいできごと　あるけれど

それはだいじな　隠し味

コトコト　コトコト　煮込みましょ

甘い囁き　しょっぱい苦言

ここ一番の　匙かげん

ぶつかり合って　溶け合えば

愛の苦みも　まろやかに

グツグツグツグツ　しみてくる

青春の味　しみてくる

火かげん

くすぶることが　ないように
途絶えることが　ないように
夢の炎　燃やしましょ
あせる強火で　焦げぬよう
ゆっくり上手に　燃やしましょ
よそ見わき見も　いけません
嫉妬の飛び火　気をつけて
涙で炎を　消さぬよう
夢の煮くずれ　ふせぎましょ

盛り付け

夢を粗末に　しないよう
あきらめないで　捨てないで
わたり箸やら　つつき箸
食べ散らかしも　いけません
感謝のソース　たっぷりと
笑顔もきれいに　盛り付けて
明日の食卓　飾りましょ
いまが旬の　春だから
青春いつでも　デリーシャス！

♪ 作曲：小菅泰雄／初演 2002 年　ACA35 周年記念公演「新し
い日本の歌　歌曲と女性合唱曲の夕べ」（朝日生命ホール）

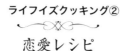

恋愛レシピ

保存法
恋はいきもの
新鮮こそが　命です
放っておいては　いけません
愛が乾いて　しまわぬうちに
上手に　冷凍させましょう
かけがえのない　恋だから
みずみずしさも　そのままに
ゆっくり時間をかけて　戻しましょう

灰汁抜き
ふたりの味で　決めましょう
灰汁を抜くのが　決め手です
過ぎた日々の　わだかまり
綺麗な水に　浸しましょ
溢れる愛に　浸しましょ
ふたりの誤解を　取りのぞき
ヒミツの皮も　剝きましょう
ありのままに　向き合って
ふたりの夢を　煮込みましょう

火かげん
募る思いを　胸に秘め
愛の炎を　燃やしましょ
嫉妬の強火に　気を付けて
ふっくら　こんがり　焼きましょう
涙で炎を　消さぬよう
よそ見　飛び火に気を付けて
愛の煮崩れ　防ぎましょ

味付け
いろんなことが　あるけれど
逃げ出さないで　向き合って
躍りましょ　歌いましょ
コトコト　ステップ踏んで
ふたりの味が　滲み込めば
グツグツ　グツグツ
ぶつかり合って　まあるくなるよ
ふたりの愛が　溶けあえば
恋はいつでも　デリーシャス

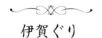

伊賀ぐり

針でおおわれた
人生の中に
愛しい明日が見える
拝み合わせに
一対の男と女　ふたりで咲いた
花のあとには

第 2 章
ひとすじの道

生きる

生命線

どうして知ることができたでしょう
廃墟となった広島で
ずっしり重い十字架を背負っていることなど
その時　私は生まれたばかりの幼子だったのですから

あなたに何の罪が有るのでしょう
娘の私に懺悔して
あの朝を詫びる哀れな母
頭を上げて私を見て下さい
あなたを誇りに思う娘がここに

めぐり逢ったことを後悔しないで下さい
愛する良人(あなた)
妻の私が被爆者だから
あなたに向けられる哀れみの視線

熱いこの身に流れているのに

冷たく流れる白血球だから

静寂<ruby>しじま</ruby>のなかに生きているのに

悲しみがこみ上げて来るのは何故でしょう

今日もまた

涙を拭く掌に

一筋長く刻まれた生命線に口づけて

登れ　登れと呟いているのです

♪ 作曲:伴博／初演 1975 年「みすず会」第 1 回公演（中野文化センターホール）

第九の怒濤

海原に寄せてはかえす
波のリズム
波は
段々大きくなりながら
規則正しく
九つのリズムを守る

人はみな
時のリズムに
運命を託し
それぞれの
海原に出る
よせては返す
愛と悲しみの軌跡を
人生という名の波にゆだねて

一番大きな
九番目の怒濤を越えれば
その向こうには
必ず天の梯子が架かるという
波の伝説を信じて

それにしても
ひとすじの
波光にすがりながら
人生の大海原でさすらい続ける
私は　いま
何番目の波に
揺られているのだろう

祈　り

　私の庭に　渋柿が実る
　ひとつ　ひとつ
　丁寧に皮を剥き
　糸を通して
　大きな柿の数珠を作る

　軒の下に吊され
　光の中で
　ひとつ　ひとつ
　しっとりと甘く
　白い粉をふいてゆく

　私の心の曇りも
　丁寧に拭って
　祈りの糸を通そう
　苦くてどうにもならない
　心のシブも
　お慈悲の光をいただけば
　やがて　いつかは
　甘く熟することだろう

私 の 道

そこにあるきざしが
すべて背を向けたとしても
私の炎は歩き続けます
たとえその道が
人の渇きにひび割れていても
衷心の彼方にかすんでいても
歩き続けるのです
昨日の足あとにおびえながら
まして闇夜ならなおのこと
私の道だから
私の道だからと
見えない道を見ようとするのです

立ちどまることの
安らぎも知らないで

♪ 作曲：鈴木英明／初演 1976 年「みすず会」第 2 回公演（大手町日経ホール）

枯　葉

ふと立ち止まる　敷石の陰
きづかずに踏みつけそうになる
そこは　落ち葉の吹きだまり
こぼれ陽の微笑みに背を向け
カラカラと小さく震える枯葉
何をそんなにおびえているのか
心細さに　泣いているなら
思いだして欲しい
「ごらん、寒かった年の木々は良く繁るから」と
緑の中で教えてくれたことを
樹々を実らせ終えた　あなたの乾き

いま　人生の秋をむかえて
ひそかに溜め息をついている　私の母に
どこか　よく似ているのです

♪ 作曲：鈴木英明／初演 1977 年「みすず会」第 3 回公演（朝日生命ホール）

美しきもの

寒さのなかに
いっそう可憐な冬薔薇が咲く
長雨に打たれればなお青き
紫陽花が咲く
泥水ゆえに清くほのかに
睡蓮が咲く
美しき花に
美しき心根がある

なれど
美しきものの
生きざまは哀しく

♪ 作曲：嵐野英彦／初演 1976 年「みすず会」第 2 回公演（大手町日経ホール）
♪ 作曲：大中恩（混声合唱）／初演 1987 年（東邦生命ホール）
♪ 作曲：浅川春男／初演 1990 年「浅川春男作品コンサート」

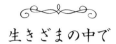

生きざまの中で

深い海なら　なおのこと
誰にも染まらず　紅を増し
荒波に叩かれれば
一層身をひきしめて
味覚を増すと言う
お前はやっぱり鯛なのか

ひとりぼっちの記念日に
一匹の魚を前にして
世の荒波に傷つきながら
色褪せた女がひとり
呟いている

鯛であるがゆえに
死にざまでもりりしくて
伸ばした背筋に一粒の
涙が光って消えた
悲しいほどの　夕焼けがして

乾　き

希望が欲しい
そんな遠い先の
そんな大げさなことではなくて
いまの一瞬を
幸せだと感じるていどの
ほんの小さな希望でいい
日増しに心枯れして
まるで
物狂いの女のように
刻々と　ひろがりつづける
私の乾き

雨　よ

雨の降る夜
北風に吹かれながら
傘を楯にして歩く
"これでもか"と押してくる風に
"負けるものか"と歯を喰いしばる

いっそ、この手を放そうか
いっそ、濡れてしまおうか
雨よ、風よ、
傘を捨てたからとて
心の中までは　濡らせはしまい

♪ 作曲：大中恩（混声合唱）／初演 1979 年（東邦生命ホール）

生きる

その花は鮮やかではないけれど
安らぎと落ちつきがある
その姿はしなやかではないが
背筋を伸ばして毅然としている
ふと　花屋の店先で見つけた
乾燥花の姿に想う
人もまた、この生きざまの一瞬を
想い出と言う花にして
涙を抜き取ることが出来たら
誰でもそんなに強くなれるだろうか
もし、出来るなら
心の奥に隠しておいた一切れのリボンに
「永遠に」と書いて首に巻きつけ
枯れて生きている一束の花になりたい
誇らしく真っすぐに生きていきたい
いつまでも、いつまでも……

忘　却

女はいつの頃からか
心に秘めた部屋を持ち
しっかりと鍵をかける
時の中に放り出された鍵は
消ゆく記憶の中で
したたかに身を焦がし錆びていく
朽ちた鍵が鍵でなくなるとき
女はまたひとつの部屋を持ち
しっかりと鍵をかける

忘れてはならないはずの脆さに
哀しい戸惑いを隠しながら
忘却と言う名のぬくもりに
ひとときの身をゆだねたりして
女は相も変わらず　鍵をかけてゆく——

献　身

その花が大きければ大きいほど深く
白ければなおのこと　その下で黒く汚れて
花を支えている大きな根がある
心の隅にそっと咲かせようとする私の花にも
いつもそれを支えて息づいている根があり
深く黒く汚れてゆくのがわかる
献げることでしか生きてゆけない
その花の心根がいとおしくて
私は私の息の根を憎みながらも
また心の底に白い小さな花を咲かせてしまう
やりきれない慟哭の中で
ただひたすらに私は祈る
もうこれ以上　私の中に哀しい根のはらないことを

愛ありて

それがあなたの愛だから
人の心の滝に打たれて
清くありたいと願う日々
人の心の厚い壁に突きあたり
人の心の闇に迷い込み
人の心の泥沼に足をとられて
そのたびに思い知らされる
我が心に残した道の標の
何と小さく浅いことよ
ただ白いと言うだけで
もどかしいほど薄い衣を纏い
無軌道に飛び込んだ淵の深さよ
身を裂く水の痛さよ
人の心の「言葉」の意味の深さを
しみじみと噛みしめて　いま

あしたに

私の中を通りぬける長いトンネル

夜汽車となって　ひた走る炎

身を委ねるシートの上に

覆いかかる過去のしがらみ

ガタゴトと泣き喚き

愚痴のかずかずを吐き捨てる

定められた線上ゆえに

一層の自由を求めて

しかし、そこは確かに

明るさへの近道であるに違いないのだ

私は襲いかかる不安の中で

呟きつづけていた

「明日がある、明日がある

　　少しずつ大きくなる光がある」と——

後　悔

あなたと私を隔てる
誤解と言う名の海
そこに漂流している一つのかけら
それは若さゆえに
落としてしまったもの
しっかり持っていればよかった
しっかりあなたに渡せばよかった
気がつけば　果てしなく
よどむ海の深さに
ただ呆然とたちつくす　いま

キャッシュカード

ちょっとボタンを押すだけで
幸福を満たしてくれるカードが一枚
哀しいほど　つつましい年月と引き替え
小さな夢の数々を凍てつかせて
ひんやりと冷たく機械の中を　くぐり抜ける
束の間の幸福を引き出すために

ゆっくりと生あたたかい札びらが
人の心を見透かすように
顔をのぞかせると
飢えた私の心が手を出して媚を売る
小さな夢をひと思いに握り潰して
一枚のカードはゆっくりと
私をおびやかす

鏡 の 中

凍てついた月の光が

身動きも出来ないほど

明るく照らす夜

私は夢をみていた

小さな庭に咲いた椿の一輪となって

池を鏡にして姿を映していた

時折　身をよじらせながら

風に命を乞うたりして

しかし　私は落ちてしまった

水鏡の中に沈みかけた私は

苦しさで目を覚ました

汗ばんだうなじに纏わりついた乱れ髪

ぼんやりと顔を上げると

暗がりの三面鏡の中に身をよじらせて

仄かに赤い私が座っているのが見えた

それは夜が明けたら

昨日の私になって鏡の中に沈む私だ

静かに鏡を閉じると重く

その深さに

そっと　涙を拭った

♪ 作曲：松本民之助／初演 1997 年「みすず会」第 8 回研究会

第 3 章
希望の微笑み

花と宝石

ラ・プリマベーラ
―春―

森の梢に
そよ風が踊る
零れ日のサーチライト
花は香り
鳥は歌う

森の梢で
風が呟く
希望……
勇気……
出発……
ほほえみ……

だれ？
そよ風に訊ねる
この優しいときめき
穏やかな時の流れに
目覚めるもの
ねっ。だぁれ？

ああ春　ラ・プリマベーラ

♪ 作曲：金田祥子／初演 1997 年「新・波の会」初夏に歌う（朝日生命ホール）

102

さくらそう

その色の優しさで
人の心を開き
幸せの扉を開くという
不思議な鍵の花　さくらそう

その鍵の花が扉を開く
三月の空では
恋のキューピットたちが
弓を射るのに大わらわ
愛の扉を開いた恋人たちに
ひとあし早い春を届けるためです

♪ 作曲：平井丈一郎／初演 1997 年　ACA 主催「歌曲
　と合唱曲の夕べ」30 周年記念公演（朝日生命ホール）

さくらそう
—鍵の花—

鍵の花咲き始めて
青春の日の扉を開かん

歓喜に満ちた光を浴びて
花筵(はなむしろ)で遊ぶ
アルバムの中
めくりめく愛のことばは
花に宿りて優しく香る

さくらそう
愛の鍵たずさえて
大空の扉を開かん

降りしきる光の中に
両手を翳(かざ)せば
美しき未来(あした)
薄紅色して
さきたまの
わが大地に降りしきる

♪ 作曲：杉林浩美／初演 2004 年「埼玉歌曲のフェ
　スティバル」（大宮ソニックシティホール）

104

月下美人

私は見た！
月の光を　渡って降りた
天女の姿が
白い花に宿るのを

月の光で咲く
その花を見たものは
幸福になれるという
夢伝説

私は見た！
たった一夜を　咲くための
長いながい祈りの歳月
暗い夜だから　咲こうとする
花のこころ

私は風
月を見上げて
微笑む人のこころにも
白い花の咲くのを　見た！

♪ 作曲：涌井曄子／初演 1990 年「新・波
　の会」定期演奏会（朝日生命ホール）

いいわ ―四季花―

なれるなら
春の花がいいわ
光で目覚める
福寿草がいいわ
ちょっぴり恥じらい
咲かす幸せが　いいわ

なれるなら
夏の花がいいわ
命を燃やす
向日葵がいいいわ
大空あおいで
弾ける笑顔が　いいわ

なれるなら
秋の花がいいわ
風に揺らめく
コスモスがいいわ
紫の雲に
たゆたう命が　いいわ

なれるなら
冬の花がいいわ
白銀に躍る
まつゆき草がいいわ
耐えて夢見る
明日の白さが　いいわ

♪ 作曲：小菅泰雄／初演 2011 年 ACA
　 主催「芸術歌曲の夕べ」（津田ホール）

鐘を鳴らす少女
—カンパネラ—

そっと
花に耳をあててごらん
きこえてくるよ
愛と希望の響き
あれは
カンタベリーの鐘の音
うす紫の風に乗って
微笑む少女の歌声

その昔
金のリンゴがなるという
オリンポス山の果樹園で
鐘を鳴らして見張り番
可愛い少女カンパネラ

時を越え
鐘を鳴らし続ける
愛しい少女カンパネラ
幸せを運ぶ天使となって
いま　静かに
うす紫の花に宿るよ

そっと
花に耳を当ててごらん
聞えてくるよ
カンタベリーの鈴の音が
微笑む少女の歌声が

♪ 作曲：平井丈一郎／初演 1992 年　ACA 主催
　「歌曲と合唱曲の夕べ」（朝日生命ホール）

花　暦

咲きます　咲きます　福寿草
愛を占う　春の花
時が目覚める　季節です
ふたりの明日を　祈ります

咲きます　咲きます　鳳仙花
命を燃やす　夏の花
愛が弾ける　季節です
あなたの胸で　弾けます

咲きます　咲きます　彼岸花
夢にもつれる　秋の花
うつり気色の　季節です
私の愛も　もつれます

咲きます　咲きます
一途に染めた　冬の花
雪が降り積む　季節です
負けずに愛も　積もらせて

♪ 作曲：折本吉数／初演 1993 年 ACA 主催「芸術歌曲と二重奏の夕べ」
　（朝日生命ホール）三部合唱（大垣少年合唱団）特別演奏会にて演奏

花 三 題

心模様 ―グロリオーサ―

けだるい午後が
いっそう無口になる
夏の終わりには
決まって赤い糸が
私の小指をひっぱる
この指の先は
きっと
あの人の指先

小指のしぐさも
むかしのままに
もつれ方まで
真似てみる

歓喜―ライラック

愛の芽生えの
一瞬は
よみかけの詩集に
そっと
閉じこめ
青春の日のよろこびは
シリンガ（笛）の
調べの中に
隠しておいた

五月の
空を見上げる
あなたの笑顔は
この小さなアミュレットに
しまっておくの

愛はそれでも—バラ

恋人の死を
かなしむ
ヴィーナスの涙が
雨になって
赤いバラを咲かせた
私の心に
降りしきる雨は
花もつけずに
棘ばかりを
あの人のこころに
突きつけている

愛は
それでも……

♪ 作曲：玉井明／初演 1992 年「新・波
　の会」定期演奏会（朝日生命ホール）

花ことば伝言ブーケ

私は花
花言葉いろいろ
夢もいろいろ
あなたの心を　伝えます

夢はいっぱい　あるけれど
桜　さんざし　福寿草
億万長者　きんぽうげ
夢を叶える　かきつばた
門出を祝う　スイトピー
感謝の気持　カーネーションで
花言葉いろいろ　夢もいろいろ
嬉しい気持ち伝えます

花はいっぱい　あるけれど
あざみ　紫陽花　アルメリヤ
思い出哀し　彼岸花

夢もはかない　アネモネや
別れ悲しい　きんせんか
思い出してね　忘れなぐさ
花言葉いろいろ　涙いろいろ
優しい気持ち伝えます

愛はいっぱい　あるけれど
ローズ　ジャスミン　フリージア
愛の芽生えの　ライラック
理想の恋は　山茶花で
愛の絆は　すいかずら
咲いて嬉しい　月下の美人
花言葉いろいろ　愛もいろいろ
輝く命伝えます

♪ 作曲：折本吉数／初演 1996 年 ACA 主催
「芸術歌曲の夕べ」（朝日生命ホール）

花ことば三題

予感 ―白百合

その白い花に
恋人が触れると
愛は必ず実るという
白百合の花の伝説

幸せを埋めつくした
四月の空に
漂う白い香り
その光の下で
私は花になろう
あとはあなたがそっと
触れてくれるのを待つばかり

希望―すみれ

星になった女神(ミューズ)の微笑みが
地上に降りそそぎ

恋人の胸に
すみれの花をさかせた
遠い国の星物語り

そして　いま
紫色の空に向かって放つ
私のときめきは
あの人の胸もとで
六月の花を
ほころばせているところ

幸運—クローバー

五月生まれの妖精が
詩人たちに夢を届ける為に
クローバーになったのは
ほんとうよ

だから早くみつけて
わたし
五月の光に隠れて
あなただけを待っている！

♪ 作曲：河西保郎／初演 2002 年「新・波の会」初夏のコンサート

117

レジェンド　宝石伝説

星の絆 —エメラルド

星の国の一年は
この世の四百年
星の国で出会った
ときめきの一瞬は
この世では　五十五年の絆

地上の夫婦は
星の絆を信じ
エメラルドを贈りあう

星の国で出会った
あの時の
一瞬のときめきを
よみがえらせるために

いま
五月の光と風が

指輪の先で
歌いはじめる
二万二千年目のラブソング

光と風　あなたとわたし
──ながすぎるよなぁ
──なにいってんの　一瞬よ

　　魔よけ ─珊瑚

その醜い顔をみた者を
立ちどころに石にしていった
妖怪メデューサの血が
海に滴り落ちて
珊瑚になった
いま私は
顔を見合わすたびに
あの人の心を石にして
自分を傷つけている
醜さを募らせながら
吹き出す私の血は
やがて
あの人の海で
どんな石になるのだろう

珊瑚よ
私に潜むメデューサよ
そらっ魔物はここにいるっ！

永遠の誓い ―ダイアモンド

……その昔
女神たちの一途な愛は
悠久の時に抱かれ
天の塊となって
アダマスを宿したという
春になると
女神たちの微笑みは
透き通る光となって
地上に降りそそぎます

恋人たちは
翳(かざ)した薬指に
アダマスの命を受け止め
眩しい輝きに
永遠の絆を誓います

キューピーットたちは
愛の言葉を集めて
虹の橋を駆けていきます
七色の夢に　置き忘れた
永遠の誓いを
取り戻すため

♪ 作曲：朝岡真木子／初演 2010 年「新・波の会」ニュー・
ウェーブコーラス・フェスティバル（森のホール 21）

人形の涙 —真珠

月の光をあびながら
恋に身を焦がした人魚たち
そのせつない涙が
海の底に零れ落ち
真珠になったという

いま恋人たちは
真珠に誓う
愛する人の海で
懸命に愛を紡ぐことを
真珠のその無垢な光は
遠い昔、
人魚だったときに
流した涙だと
覚えている者はいない
誰もいない……

♪ 作曲：朝岡真木子／初演 2012 年「新・波の会」ニュー・ウェーブ
　コーラス・フェスティバル（太田区民ホールアプコ大ホール）

悲しみを消して —オパール

見えないものを見るという
「神の石」オパール
女の真実を飲み込んで
七色の輝きで
夢をかなえるという虹の石

しかし
愛に乾いた女が
枯れていくように
水気を失うと割れてしまう
オパール

愛を与えて
愛に枯れていく
オパールの哀しみは
誰も知らない

♪ 作曲：車川千寿子／初演 1997 年「新・
　波の会」定期演奏会（朝日生命ホール）

第4章
汚れなき庭
·····························
童謡に魅せられて

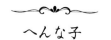

へんな子

いいな　いいな　小犬はいいな
ママといつでも　お散歩できて
ボクも小犬の　真似をして
ワン　ワワン　ワン
ママを追いかけ　じゃれちゃった
だけどママは　笑うだけ
「へんな子ねっ」って　笑うだけ

いいな　いいな　小猫はいいな
ママのおひざを　占領できて
ボクも小猫の　真似をして
ニャン　ニャニャ　ニャン
ママのおひざに　おすわりさ
だけどママは　笑うだけ
「へんな子ねっ」って　笑うだけ

いいな　いいな　小鳥はいいな
ママの頬ずり　お手手の中で
ボクも小鳥の　真似をして
チュン　チュチュン　チュン
ママのほっぺに　頬ずりチュ
だけどママは　笑うだけ
「へんな子ねっ」って　笑うだけ

♪作曲：折本吉数／初演 1989 年「第 12 回童謡際」（虎ノ門ホール）

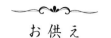

お供え

ボクのうちの　ほとけさま
甘いお菓子に　かこまれて
虫歯になったり　しないかな
そっと歯ブラシ　そなえたよ
ボクの歯ブラシ　貸したげる

たなの上の　かみさまに
パパがお酒を　そなえてる
酔っぱらったり　しないかな
そっと胃ぐすり　そなえたよ
パパの胃ぐすり　きくもんな

うちの裏の　地蔵さま
ママがお金を　あげている
オモチャ屋さんが　わかるかな
そっと地図を　そなえたよ
ボクの秘密の　店なんだ

♪ 作曲：折本吉数／初演 1989 年　大垣児童合唱団（大垣市民会館）

春はポカポカ

春はポカポカ　海原ねむい
お船でウトウト　カモメさん
風さんそっと　しのびあし
波のゆりかご　ふんわりと
優しく押して　いきました

春はポカポカ　ふもとはねむい
お昼寝上手の　地蔵さま
風さんそっと　しのびあし
ジッとしてない　蝶々の
お手々を引いて　いきました

春はポカポカ　お空はねむい
うっかり寝込んだ　白い雲
風さんそっと　しのびあし
赤い夕陽の　おふとんを
優しく掛けて　いきました

♪ 作曲：長谷川栄助／1990年「第13回童謡祭」（虎ノ門ホール）

127

たいへんだっ！

たいへんだっ　たいへんだっ
クレーン車にダンプカー
裏の広場に　やってきた
ここに　アパート建つなんて
ボクらの遊び場　なくなるぞ
秘密の隠れ家　なくなるぞ
たいへんだっ！　こまったぞ

たいへんだっ　たいへんだっ
クレーン車にダンプカー
あぜみちつぶして　やってきた
ここが　道路になるなんて
ボクらの近道　なくなるぞ
秘密の寄り道　バレちゃうぞ
たいへんだっ！　こまったぞ

たいへんだっ　たいへんだっ
クレーン車にダンプカー
駅前広場に　やってきた
ここに　デパート建つなんて
町のお祭り　できないぞ
ママの朝市　なくなるぞ
たいへんだっ！　こまったぞ

♪ 作曲：折本吉数／初演 1991 年「第 14 回童謡祭」（虎ノ門ホール）

ねんねの国から

ねっ　ねっ　ねんねの国から
連れにきた
おねむの坊やを　連れにきた
コックリ　コックリ　櫓をこいで
ねんねの船で　夢の国
夢のお国は　どこでしょう
優しいママの　歌のなか

ねっ　ねっ　ねんねの国に
いきましょう
オモチャのロボット　連れて行こ
ユーラリ　ユーラリ　ゆりかごは
夢のお国の　宇宙船
夢のお国は　どこでしょう
坊やの絵本の　なかかしら

ねっ　ねっ　ねんねのお迎え

どこいった

坊やを残して　どこいった

ねんねのお国の　ねの谷で

はぐれてめめが　覚めちゃった

ねんねのお迎え　戻るまで

ママのおひざで　待ちましょう

♪ 作曲：北村ふみ子／初演 2000 年「第 23 回童謡際」（虎ノ門ホール）
♪ 作曲：小泉幸丸／ 2005 年 CD 制作

いちばん好きなボクのパパ

いちばん好きな　ボクのパパ
みんながいうの　「似てる」って
だけどちょっぴり　心配なんだ
おひげが生えて　くるのかな
グー　グー　いびき　でるのかな
こまったな　心配だ　心配だ

いちばん好きな　ボクのパパ
みんながいうの　「似てる」って
だけどちょっぴり　悩んでるんだ
テレビがイヤに　なるなんて
朝起き好きに　なるなんて
こまったな　悩んじゃう　悩んじゃう

いちばん好きな　ボクのパパ
みんながいうの　「似てる」って
だからホントは　安心なんだ
野球が上手に　なれるもん
勉強好きに　なれるもん
よかったな　安心だ　安心だ

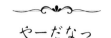

やーだなっ

やーだなっ　やーだなっ
ボクって　パパ似？
みんなが言うんだ　そっくりだって
そのうち　そのうち
お酒が好きに　なるのかな
タバコが好きに　なるのかな
コーヒーばかり　飲むのかな
やーだなっ　やーだなっ
そんなのみんな　まずいもんっ

やーだなっ　やーだなっ
ボクって　パパ似？
みんなが言うんだ　そっくりだって
そのうち　そのうち
大きなイビキ　かくのかな
おひげがはえて　くるのかな
おなかがデッカク　なるのかな
やーだなっ　やーだなっ
そんなのみんな　こまるもんっ

やーだなっ　やーだなっ
ボクって　パパ似？
みんなが言うんだ　そっくりだって
そのうち　そのうち
勉強好きに　なるのかな
お仕事好きに　なるのかな
何でも好きに　なるのかな
でーもねっ　でーもねっ
そんなのボクは　テレちゃうよっ

♪ 作曲：折本吉数／初演 1993 年　大垣少年合唱団特別演奏会（大垣市民会館）

ねんねのお里

ねんね　ねんね
ねんねのお里に　いきましょう
ねんねのお里は　夢の里
おめめをつむると　いつだって
夢の扉が　ひらくのよ

ねんね　ねんね
ねんねのお里に　いきましょう
ねんねのお里は　星の里
おめめをつむると　いつだって
お星が静かに　みつめてる

ねんね　ねんね

ねんねのお里に　いきましょう

ねんねのお里は　ママの腕

おめをつむると　いつだって

ママの祈りが　つつんでる

ねんね　ねんね

ねんねのお里に　いきましょう

ねんねのお里は　唄の里

おめをつむると　いつだって

優しい唄が　とどくのよ

♪ 作曲：折本吉数／初演 1992 年「第 15 回童謡祭」（虎ノ門ホール）

137

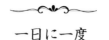

一日に一度

一日に一度　てのひらに
五つの文字「こんにちわ」
おひさまニコニコ　こんにちわ
小鳥のさえずり　こんにちわ
今日の出会いに　こんにちわ
手と手を握って　こんにちわ！

一日に一度　てのひらに
五つの文字「ありがとう」
やさしい言葉を　ありがとう
元気な笑顔を　ありがとう
遊んでくれて　ありがとう
手と手を合わせて　ありがとう！

一日に一度　てのひらに
五つの文字「さようなら」
悲しい涙に　さようなら
意地悪なんかも　さようなら
いたずらなんかも　さようなら
手と手を振って　さようなら！

♪ 作曲：平岡荘太郎／初演 2660 年「第 39 回新
しい日本の歌芸術歌曲の夕べ」（津田ホール）

お天気雨

お天気雨の　降る里は
可愛いキツネの　お嫁入り
おひさまニコニコ　笑ってる
雨がキラキラ　光ってる
どこにお嫁に　いくのでしょ

お天気雨の　降る朝は
雷坊やは　忍び足
雲の扉が　開いている
天使がはしごを　架けている
どこにお出掛け　するのでしょ

お天気雨の　降る午後は
洗ったばかりの　長靴を
出したり入れたり　忙しい
小犬もなんだか　うれしそう
晴れたらお散歩　いきましょね

139

忘れんぼのネコ

シロネコのチビが　ついてきた
夢の中までついて来て
ボクの勉強　お手伝い
パソコンだって　できたのに
おめめが覚めたら　知らんふり
シロネコチビは　忘れんぼ
ひとりで外に　行っちゃった

シロネコのチビが　つけてきた
夢の中までつけてきた
呪文をかけろ　変身だ
透明ネコに　なれたのに
おめめが覚めたら　知らんふり
シロネコチビは　忘れんぼ
呪文を忘れ　まだ寝てる

シロネコのチビが　歌ってる
夢の中でも歌ってる
ニャーゴ　ニャーゴと　いい調子
天才ネコに　なれたのに
おめめが覚めたら　知らんふり
シロネコチビは　忘れんぼ
調子はずれで　歌ってる

不思議な日曜日
（母と子のデュエット）

待ち遠しいな日曜日
どうして七(なな)つ寝るのかな？
それは坊やの神さまが
七(なな)つの星から来るためよ
一日ひとつ
星の国を越えるため

やっと迎えた日曜日
お目ざめ数えて七回目
それは坊やの神さまが
虹を渡って来たからよ
一日ひとつ
色の階段かけてきた

一番好きな日曜日
どうして次も七日目（なㇽにちめ）？
それは坊やの神さまが
坊やに幸せ運ぶため
一日ひとつ
七つ（なな）のお里を越えるため

♪ 作曲：中村守孝／初演 1993 年「第 16 回童謡祭」（虎ノ門ホール）

おすましネコのシロ

おすましネコのシロ
おめめが可愛いシロ
ほんとはね
よごれた姿で　ないてたの
ママがシャンプー　おしゃれして
わがやのこどもに　なったんだ

おすましネコのシロ
リボンが好きなシロ
ほんとはね
いたずら好きの　あまえんぼ
だけどママは　だっこして
「いいこ　いいこ」って　いうんだよ

足音させずシロ
忍者のまねするシロ
ほんとはね
僕となんでも　話せるの
だけどシロは　暗号で
「ニャーオ」「ニャーオ」って　いうんだよ

天使の空

夏のお空が　青いのは
空にも海が　あるからよ
元気な天使が　泳ぐため
雲の浮輪で　泳ぐのよ

冬のお空が　白いのは
お空の海が　凍_{こお}るから
天使もスケート　したいから
風と一緒に　滑_{すべ}るのよ

日暮れの空が　赤いのは
天使がお家に　帰るから
お空の暖炉が　灯_{とも}るため
おかえりなさいと　灯るため

夜のお空が　暗いのは
天使がおめめを　閉_とじたから
星さまきらきら　光るのは
天使が夢を　みてるから

天使のお空は　坊やのお空
澄んだ瞳_{ひとみ}で　あおぐ空

♪ 作曲：涌井曄子／初演 1996 年「第 19 回童謡祭」（虎ノ門ホール）

第5章
想い出の花びら

望 郷

会いたい

会いたい
月の美しい夜は
おかあさん
あなたに会いたい
どんなに離れていても
「窓を開けてごらん」
満月の夜は決まって
あなたからの電話
急いで窓辺に駆け寄り
夜空を仰ぐ
「きれいじゃねぇ」と呟けば
握りしめた受話器の向こうから
「きれいじゃねぇ」と応える
母娘で眺めた愛しい時間

美しい景色の隣には
何時もあなたがいた
夕日に映える紅葉の下で
初雪の降る窓辺で
桜散るぼんぼりの下で
「きれいじゃねぇ」と呟いて
肩を抱いてくれる
あなたがいた

季節の美しい日には
おかあさん
あなたに　会いたい

ふるさとの川は

川は泣いている
焦土と化したふるさとで
水を求めて川に入ったまま
命を落とした幾万の人たち
今も　その深い淀みの中に
多くの焔仏を抱いたまま
川は泣いている

川は探している
水面に街を映して
行き交う人の中に
今も　あの朝の
はぐれた人を探している

川は探している
水面に原爆ドームを浮かべ
焼けただれた記憶の
残骸を探している
黒い雨と血に染まった
あの朝を抱き寄せ
探している

ふるさとの川は
八月の空を抱く
愛する人への
祈りを編んで
水面に浮かべた灯篭が
天の岸辺に着くよう
八月の空を抱く
ふるさとの川は　今も……

美しい日々

感謝に満ちた
溢れる思い
その　優しい鼓動を
花びらに刻む
穏やかな日々

清らかな祈りに包まれて
御心のままに
紡がれていく命の
その　美しい輝き

春の唇から零れる
詩(ことば)の芽吹き
風に刻まれ光となって
梓の木に宿る

ああ

この美しいときめき

耳を澄ますと聞こえてくる

あなたへと繋がる

愛しい足音

刻まれてゆく歳月（とき）の

香り馥郁（ふくいく）と

微笑みを集めて

掌に降り注ぐ　いま……

♪作曲：梅津美子／初演 2017 年 ACA 主催「新しい日
　本の歌」50 周年記念公演（東京文化会館小ホール）

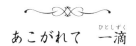

あこがれて　一滴(ひとしずく)

なれるなら
流れる滝の　その一滴
七色の　飛沫になって
今日の涙を薄めたい
あまたの祈りが　とけ出して
未来に虹を　架けるから

なれるなら
湧き出る水の　その一滴
ひたむきな　溢れる思い
そっと戴く　手のひらに
あまたの言葉が　零れ出し
わたしの愛を　編んでいく

なれるなら

谷間にそそぐ　その一滴

清らかに　流れていたい

光たゆとう　風に乗り

あまたの出会いに　微笑んで

優しい時間を　注ぎたい

♪ 作曲：平井秀明／初演 2015 年 ACA 主催「新しい日
本の歌　芸術歌曲の夕べ」（東京文化会館小ホール）

冬薔薇

あの人は冬薔薇の花が好きだという
黙々と降りしきる雪のなかで
いっそう鮮やかな紅は
抱かれた日の母のかおりがあり
まだ見ぬ国の街角のかおりがある
若い女の乳房のかおりがして
好きな絵から出て来る
あどけない少女の姿だという

私はあの人の心のなかで
鮮烈に咲き続ける
冬薔薇にあこがれる
寒ければなおのこと
その静けさにあこがれる

何処へ

はらはらと　風に散る
薄むらさきの　花びら
寄る辺なく
花の筏　降り積む思い
尽きせぬ夢を　のせたまま
流れて　何処へ

ひらひらと　風に舞う
白い胡蝶の　面影
まどろめば
花の袖に降り積む陽光(ひかり)
小枝の先に　移り香を
遺して　何処へ

ゆれ　ゆれて　風を抱く
薄紅色の　思い出
きらめいて
梢の雪　降り初めるころ
白い心を　弾ませて
あなたは　何処へ

♪ 作曲：佐々木茂／初演 2012 年　ACA 主催「新しい日本の歌」45 周年
記念公演「芸術歌曲と混声曲合唱の夕べ」（東京文化会館小ホール）

祈りの中で　年輪

満開の　花の下
老いた夫婦が　歩いています
お互いの肩にかかった　花びらを
とりあいこ　したりして
いつものように　微笑みがえし
つけてきた可愛い蝶々に　おじぎして
ゆっくりと　歩いています

夏草を　踏み分けて
老いたふたりが　歩いています
お互いのその足元を　きづかって
さしのべる　木の枝に
いつものように　微笑みがえし
つけてきた迷子の子猫に　おじぎして
ゆっくりと　歩いています

紅色の　薄衣

老いたふたりが　歩いています

お互いの心を重ねて　降る紅葉

手のひらに　とりあって

いつものように　微笑みがえし

つけてきた真っ赤な夕日に　おじぎして

ゆっくりと　歩いています

♪ 作曲：井手一敏／初演 2014 年　ACA 主催「新しい日本の歌 芸
術歌曲の夕べ」（渋谷区文化総合センター大和田伝承ホール）

ひとすじの色

人は皆　生まれたときから
歳月という名の　パレットに
とりどりの愛を　敷きつめる
その　無垢な魂に色を重ねて

生まれたばかりの　ピンクの微笑み
黄色い世界を飛び跳ねた　少年時代
青春の日の透き通るような　青い日々
身をこがしながら知った　ルージュ
人の親となって知った　赤い絆
切ない緋色の　つぶやき

人々は　めくりめく季節の色に
明日を見る
愛と哀しみの想い出を
少しずつ取り出し
混ぜ合わせながら
深く　深く命の色を重ねていく
成熟した思い出が
芳醇な香りを放ちはじめると
人はみな自分に託された
色の意味を知る
それは命と愛の極まる色
傷ついた心を癒しながら
深く心の中にふくいくと続く
ひとすじの色

♪ 作曲：車川知寿子

扇のこころ

人のこころは扇です
開かなければ使えない
そうです　そうです
両手を広げ　受けいれて
大きく　まるくなるのです

人のこころは扇です
寄り添うことが大事です
なるほど　なるほど
右に左に　うなずいて
あなたの気持ち　察します

人のこころは扇です
裏も表もありません
さすがに　さすがに
末広までも通い合う
すがしさこそが命です

人のこころは扇です
今を大事にしたいから
そうです　そうです
哀しい過去は折りたたみ
明日の風を運びます

♪ 作曲：嵐野英彦／初演 2003 年「新しい日本
　の歌　芸術歌曲の夕べ」（朝日生命ホール）

幸魂の花
─曼珠沙華─

彼岸が近づくと
高麗川はおもむろに
茶巾の紐を解き*
波光を放つ
光は赤い糸となって
大地に降りそそぎ
その命を燃やす

一面に敷きつめられた
散華に身をゆだねていると
修羅を飲み込んで
天上の花になったという
彼の岸の呟きが聞こえる

＊巾着田（埼玉県日高市高麗）

164

「そのままを受け入れるだけ」
遠い昔に小指の先で
縺れてしまったはずの赤い糸さえも
黄昏色して微笑む
曼珠沙華が燃え尽きるころ
秩父路は実りの季節を迎える

♪ 作曲：金藤豊／初演 2002 年「新・波の会」埼
　　玉詩のフェスティバル（大宮ソニックシティ）

大切なもの

―他愛もないもの―

小鳥たちの囀り
子供たちの笑い声
幼い児たちの無邪気な会話
少女たちの歌声
他愛もない日常の中で
他愛もない言葉が微笑む
かけがえのない
小さな時の重なり
そう、大切なものは他愛ない

166

―恥ずかしがり屋―

瞳を閉じて
呼んでごらん
大切なものは
恥ずかしがり屋
瞳の奥に隠れている
優しい気持ち
優しいことば
優しいあなたを思うとき
引っ込み思案な出来事が
実は……って話かけて来る
そう、大切なものは
恥ずかしがり屋
瞳の奥に隠れてる

クローヴァー伝説

その伝説の葉っぱ一枚は「約束」
二枚目の葉っぱは「愛」、三枚目は「勇気」
もし、四枚目の葉っぱがついていたら
それは願いが叶う前兆——

星の雫を　集めて咲いた
固い約束　秘めてるクローヴァー
明日の来ない　夜はないから
信じてごらんと　微笑むように

ハートの形を　集めて咲くよ
愛の強さを　秘めてるクローヴァー
愛することは　生きることだと
熱い心で　ささやくように

かたい大地に　根を張る命
生きる勇気を　秘めてるクローヴァー
力の限り　生きてごらんと
本当の勇気を　おしえるように

人の幸せ　祈って咲くよ
強い祈りを　秘めてるクローヴァー
四枚の葉を　クルスに託し
望み叶える　愛しいみどり

♪ 作曲：竹内とし恵／初演 2004 年 ACA 主催「新し
い日本の歌　芸術歌曲の夕べ」（朝日生命ホール）

しあわせの通り道

菜の花ニコニコ　笑ってる
小鳥が春を　歌ってる
わたしもコートを脱ぎ捨てて
季節の近道　見つけたよ
ここはしあわせ　通る道

はぐれて小鳥が　啼いている
近くで母鳥　呼んでいる
私もはぐれて　いたけれど
本当の自分を見つけたよ
ここはしあわせ　通る道

幼い兄妹　かくれんぼ

蝶々も真似て　花の陰

私も負けずに　探したら

大事な思い出　見つけたよ

ここはしあわせ　通る道

♪ 作曲：平井秀明／初演 2013 年　ACA 主催「新しい日本の歌　芸術歌曲の夕べ」（東京文化会館小ホール）

鳩よ！

初雪が静かに
故郷を包み込んだ朝
母は涅槃へと旅立った
大空に向かって伸びる
光り輝く白い道を
ただ真っ直ぐに

鳩よ、
置き去りにされた
私の中の白い鳩よ
子守歌は覚えたか
鳩よ　嘆くな
私はここに居る

明日からは
私は私らしく平和を語ろう

鳩よ、
私の白い命よ
その一筋の光に
私は誓おう
あの日
川を満たした
幾万の涙が
明日の命を繋ぐように
あの日を伝える言葉が
祈りに向かう流れの
一滴（ひとしずく）とならんことを

謝　辞

　広島に原爆が投下された朝の惨禍を生き抜いた名もなき被爆者たち。特に誰も書かなかった幼児被爆者の苦悩と葛藤を描いた『ピースガーデン』を上梓して、ちょうど1年になります。

　その間、読んでくださった多くの方から「惨劇の渦中にいた人々のリアルを知って衝撃を受けた」、「改めて核兵器の恐さ、戦争の愚かさを知った」、「懸命に生きる家族の姿に人間の尊さを感じた」など、多くのお声を頂きました。『ピースガーデン』は2歳で被爆した私が、原爆投下から、少女期、思春期を生き抜いて結婚するまでを書いたものですが、この度は、フリーライター（詩人・エッセイスト）として生きて来た、その後の軌跡を、詩集というかたちで出版していただくことになりました。被爆者の本も詩集も、営業的には売れない本の代表のようなもの。ましてやこの出版不況ではなおさらですが、昨今の世界情勢の中で人間愛の喪失とともに、多くの命が、尊厳が失われていく状況を鑑み、今こそ残したい本として、前著同様に出版を決めて下さった八坂書房の八坂社長、担当して下さった三宅郁子さんには感謝しかありません。

　今回もまた、本当に多くの方々にお世話になりました。心より、お礼を申し上げます。ありがとうございました。

令和6（2024）年6月　　　山中茉莉

174

著者紹介

山中茉莉（やまなか まり）

日本初のカラー版女性向け情報紙『シティリビング』の初代編集長をはじめ、数紙（誌）の編集長を経て、専門学校・大学の非常勤講師を務める（1991〜2011）。放送大学教養学部全6課程卒業（グランドスラム達成）。著書に『ピースガーデン』『宝石ことば』『星座石 守護石』『淡水真珠』（共に八坂書房）、『宝石』（日本法令）、『ザ・フリーペーパー』『新・生活情報紙』（共に電通）他、詩集『歳月への手紙』（沙羅詩社）、『女人獣想』（家庭教育新聞社）、『女人想花』（すばる書房）他、TVシナリオ「太陽にほえろ」「極める」他。日本音楽著作権協会会員、日本ペンクラブ会員、日本文芸家協会会員。広島市出身。本名：坂下紀子。

詩集 スマイル ……微笑みの庭……

2024年6月21日 初版第1刷発行

著　者　山　中　茉　莉
発　行　者　八　坂　立　人
印刷・製本　シナノ書籍印刷（株）

発　行　所　（株）八　坂　書　房

〒101-0064 東京都千代田区神田猿楽町 1-4-11
TEL.03-3293-7975 FAX.03-3293-7977
URL : http : // www.yasakashobo.co.jp

[全国学校図書館協議会選定図書]

Peace
ピースガーデン
Garden
········· 継承の庭 ·········

山中茉莉
Mari Yamanaka

明日を生きるあなたに伝えたい
その朝のこと 「最後の被爆者」の命の記憶

2歳のとき広島の爆心地からおよそ1.4キロの地点で家族とともに被爆し、奇跡的に
生き延びた著者が、凄惨な当時の様子と被爆者としての苦悩を抱えて生きてきたその
後の人生を振り返り、平和への祈りを込めて記す初めての手記。

【より多くの方々に読んで頂けるように、内容の一部に英訳を付けました】

A5判変形／並製／240頁　本体価格1500円